Elisabeth Skogen

Veien til Chatapango

Selvbiografi

Veien til Chatapango
av Elisabeth Skogen

© 2022 Axel Godard

Omslag: Arnstein Øien
Maleri: Holland Jackson
Foto: Arnstein Øien
Korrektur: Ragnhild Fuglevik

Forlag: BoD – Books on Demand, Oslo, Norge
Trykk: BoD – Books on Demand, Norderstedt, Tyskland

ISBN: 978-82-845-1005-7

INNHOLD

Elisabeth Skogen på en av sine tjenestereiser i
Latin-Amerika på begynnelsen av 1960-tallet.
Fotograf er ukjent.

FORORD

Elisabeth Skogen skrev ferdig manuskriptet til denne boken i 2002, altså tjue år før den nå utgis for første gang. Boken er skrevet som en fortsettelse av hennes biografi *Aldri tilbake* som ble utgitt av Aschehoug forlag i 1982. Handlingen i denne boken starter altså der handlingen i *Aldri tilbake* slutter.

Aldri tilbake fikk mye omtale i media og solgte bra, og Elisabeth fikk mange oppfordringer om å skrive en fortsettelse av sin historie. Allikevel har det altså gått førti år før bok nummer to av hennes selvbiografi nå blir utgitt. Årsaken til at det har gått så mange år er nok flere, og jeg kjenner ikke hele historien.

Elisabeth var 73 år gammel da manuskriptet ble skrevet ferdig, og hun uttrykte da at hun ikke hadde helse eller krefter til å utgi boken, men tenkte at noen av hennes etterkommere kanskje ville gjøre det. En annen årsak er nok at hun skrev manuskriptet på skrivemaskin, noe som krevde at manuskriptet måtte overføres på elektronisk og redigerbart format, dvs. tastes inn på PC eller liknende, før det kunne utgis i bokform.

Da jeg fikk lese manuskriptet syntes jeg dette var en veldig spennende historie, og på vegne av Elisabeths etterkommere tok jeg på meg oppgaven med å skrive manuskriptet på PC og hjelpe til med å utgi boken. Jeg har også gjort en lett språkvask av manuskriptet for å gjøre teksten lettere å lese og rettet skrivefeil.

Eksemplarer av boken *Aldri tilbake* er ikke lett å få tak i da den er utsolgt, men den finnes i skannet versjon på nettsidene til Nasjonalbiblioteket og kan leses der.

Asker, 1. juli 2022, Arnstein Øien

VEIEN TIL CHATAPANGO

Nok en gang satt jeg i et fly som skulle bringe meg til et nytt liv. En total omveltning fra mine tre foregående tilværelser i Norge, Frankrike og Paraguay. Foran meg ventet nok en ukjent verden blant fremmede mennesker, en ny kultur og et nytt språk. Den store forskjellen fra mine reiser til Frankrike og Paraguay var at denne gangen ventet det meg en jobb ved ankomsten, og at den var mindre dramatisk, men aldri hadde jeg følt meg så trist.

I en alder av 30 år er man ikke akkurat urgammel, men jeg hadde allerede opplevd mer enn de fleste gjør i løpet av et langt liv. Jeg hadde vært hushjelp og barnepike, husholderske på en kvegfarm og direktør for et hotell. Jeg hadde vært mannekeng. Jeg hadde laget hekser på sopelime. Og jeg hadde dyrket gladioler. Noe som reddet ungene og meg fra fattigdom til relativ velstand, og så solgte jeg kosmetikk som skulle bli begynnelsen til det store eventyret.

Alt dette fordi jeg som 16-åring mistet hjem og familie da freden brøt løs og måtte slutte på skolen på grunn av min fars medlemskap i Nasjonal Samling (NS). At han, min far, valgte taperens vei, kunne jeg vel vært foruten, men at jeg mot min fars vilje ble med i Småhirden (jenter mellom 10 og 14 år) har jeg aldri angret på. Hadde det ikke vært for hva jeg lærte der (politikk kom aldri på tale for oss småjenter), men uten ansvar for seg selv og andre, forpliktelser, disiplin og selvdisiplin, tror jeg ikke jeg ville ha kommet meg helskinnet gjennom alt som fulgte.

Det minner meg litt om talen som ble holdt i Human-Etisk Forbund da min yngste sønnesønn ble konfirmert. «Det er du selv som bestemmer over ditt liv. Skyld aldri på andre» ble det sagt fra talerstolen.

Jeg tok Frankrike til mitt hjerte fra første stund. Menneskene jeg møtte der gav meg selvtilliten tilbake. Jeg hadde behov for å fortelle min historie og om uføret jeg hadde havnet oppi uten å bli stemplet som nazist. (Hvilket jeg aldri har vært og aldri kommer til å bli.) I Norge hadde hetsen mot NS-folk, og dermed barna, vært ondskapsfull og urettferdig. Slik så jeg det da og gjør det fremdeles. I Frankrike kunne jeg skrifte min brøde og bli tilgitt. Jeg var kommet til et land som hadde opplevd kriger og revolusjoner og visste hvordan det kunne gå for folk på feil side.

At jeg noen år etter dro av gårde til Paraguay med en unge under armen og en annen på slep, var for å unnslippe et for meg nedverdigende ekteskap. At jeg valgte Paraguay, var helt tilfeldig. Jeg hadde aldri før hørt om landet og regnet med at ingen ville finne oss der, hvilket de heller ikke gjorde.

Vi var lykkelige i Paraguay vi tre. Fattige til å begynne med, ja vel, men uten å lide nød.

Det var først for noen måneder siden, etter seks år i Paraguay, at min samvittighet hadde begynt å murre. Hadde jeg rett til å oppdra ungene mine i et land uten mulighet for videre utdannelse, i et land hvor dette kun var forbeholdt overklassen? Riktignok tjente jeg gode penger nå. Barna gikk på Asuncións beste skoler og likte seg godt, men, men.

Det var et brev fra far som gjorde utslaget. «Du kan ikke ta ansvaret for å beholde barna i Paraguay når de kan vokse opp i et kulturland som Frankrike og har en fin familie som vil ta imot dem med åpne armer», skrev han.

Jeg tenkte og tenkte, snakket med barna om en eventuell separasjon, og da vi endelig hadde bestemt oss var det to glade unger som løp mot flyet i Asunción med kurs for Paris.

Men for meg var det den verste dagen i mitt liv.

Det var først et par måneder senere at jeg fikk tilbudet fra The Company som kom som himmelsendt. Jeg var blitt «oppdaget». Kunne jeg tenke meg å bli International Makeup Artist for Sør-Amerika?

Alt dette om mitt liv i Frankrike og Paraguay forteller jeg om i boken «Aldri tilbake».

Nok om forhistorien. Foreløpig sitter jeg på flyet fra Asunción til New York og synes skrekkelig synd på meg selv. Jeg savner ungene mine og jeg savner Paraguay og gruer meg til jeg vet ikke hva. Jeg ser for meg vår enkle rancho omgitt av en ruskete hage med to frukttrær, ett med pomelograpefrukt og ett med avokado, kua vår som ga oss melk, hønene som verpet og hesten som fraktet barna til skolen nyvasket i stivete, hvite forklær. Jeg ser for meg Asuncións rolige gater med blomstrende skyggefulle trær som jeg ikke lenger vet navnet på og Guarania-musikken som strømmer over det hele.

Mange timer gikk. Kanskje for første gang i mitt liv benyttet jeg tiden til å gråte. En unyttig beskjeftigelse, særlig nå som jeg etter alt å dømme hadde en lysende framtid foran meg, men det gjorde meg godt.

Da jeg endelig var ferdig med å syte dro jeg fram boken «Engelsk for begynnere» og begynte å lese. Jeg hadde jo bedyret at jeg kunne engelsk da jeg ble ansatt, men det var langt ifra sant. Det lille jeg hadde lært på skolen i Norge var utilstrekkelig, det visste jeg, så nå var det bare å sette i gang for ikke å dumme meg loddrett ut.

En hyggelig flyvertinne kom bort til meg og spurte om jeg følte meg bedre og om jeg ville ha noe å drikke. Da jeg forsto hva hun spurte meg om, og hun på sin side skjønte meg da jeg ba om en fruktsaft, lettet humøret mitt mange grader. Samtidig oppdaget jeg at jeg befant meg på første klasse. Ved å trykke på en knott kunne jeg hatt en seng, puter og pledd hele natten. Men da var det for sent til å benytte seg av luksusen. Liflige dufter av stekt bacon, ferske rundstykker og kaffe drev gjennom kabinen, og etter en god frokost begynte jeg å bli meg selv igjen.

Fra vesken dro jeg fram en koserøyk av en illeluktende sigarett som jeg var vant til og tente på. Dette var før hysteriet om røyking satte inn. Deretter tok jeg en tur på toalettet for å gre håret og ordne de verste sporene i fjeset etter nattens selvmedlidenhet. Tårene hadde skyllet bort alle rester etter makeup-en, men før jeg engang hadde begynt på jobben ble jeg beordret tilbake til plassen min og bedt om å feste sikkerhetsbeltet, rette opp setet og slutte å røyke.

Vi gikk inn for landing i New York. Det falt meg inn at slik som jeg så ut hadde jeg ingenting til felles med det jeg forbandt med en International Makeup Artist. Jobben som var blitt forespeilet meg, men som ble så mye, mye mer ettersom tiden gikk. Vel ute av kabinen fulgte jeg med strømmen, usikker og litt fortapt i all forvirringen og bråket rundt meg. Høyttalerne gaulet ut opplysninger som jeg ikke forsto en døyt av, og folk ropte og skrek. Mine medpassasjerer som inntil da hadde virket rolige nok ble sinte og harde i ansiktet, maste og kavet. Selv da de skumpet borti meg enset de det ikke. Her gjaldt den sterkestes rett, og nå var det om å gjøre å komme først ut.

Kanskje var det ikke fullt så ille som jeg beskriver det nå, men det er slik jeg husker mitt første møte med amerikanere. Slik både de og vi kaller dem, det vil si folk fra USA.

Overgangen fra mitt rolige Paraguay med blide, hyggelige, hjelpsomme mennesker var ganske enkelt for stor. Det tok tid før jeg vente meg til mine nye arbeidsgiveres væremåte selv om de var overstrømmende hyggelige ovenfor meg.

Men jeg lærer fort. Jeg skumpet og dyttet som alle andre og kom meg fram til samlebåndet for å vente på min koffert. Endelig kom den rullende, stor og hvit med alt jeg eide i denne verden. Litt slitt var den blitt på alle reisene vi hadde foretatt sammen, og velkommen var den som en trofast hund. Den hadde fulgt meg gjennom tykt og tynt, gjennom mange farer. Jeg bøyde meg ned og klappet den, sikkert fordi jeg trengte noe kjent og kjært å klamre meg til. Selv da jeg fikk pådyttet bagasje i luksusklassen ble den alltid med. Nå bor den i kjelleren og har rolige dager. Lokket har gått ut av hengslene. Vi er blitt gamle begge to og begynner å ligne hverandre.

Jeg begynte å hale oss mot passkontrollen. (Det fantes sikkert ikke bagasjevogner den gang.) I iallfall så jeg ingen.

Etter en halvtime eller så sto jeg foran en luke hvor det for meg satt en fryktinngydende, svart mann. Jeg leverte passet og papirene fra The Company hvor det sto at jeg var ansatt hos dem. Han bladde i passet og leste papirene. Tok seg god tid med å betrakte både meg og de skrevne ord. Jeg ble mer og mer nervøs. Nå kommer det, tenkte jeg, nå finner han ut at jeg er blitt ettersøkt av Interpol for kidnapping. Jeg vil bli nektet adgang til USA og sendt tilbake dit jeg kom fra. Selv om jeg sto og trippet av nervøsitet, var jeg egentlig likeglad. Der og da kunne jeg ikke tenke meg noe bedre enn å dra tilbake til landet jeg var så glad i.

Men så smalt stempelet. «Welcome to America», sa mannen bak luken og ga meg tilbake passet og dokumentene med et stort smil.

At han sa America, irriterte meg. Jeg var sur og irritabel, en tilstand jeg vanligvis ikke er belemret med. Så vidt jeg visste hadde jeg bodd på det amerikanske kontinentet i mange år. Hvem trodde han han var for å si America, når USA bare er en liten del av kontinentet? Men som før sagt; jeg var i dårlig humør. Jeg hadde et akutt anfall av hjemlengsel.

For øvrig må jeg innrømme at jeg aldri er blitt fortrolig med at folk i USA benevner seg som Americans, når de i hvert fall burde si North Americans.

MØTE MED NEW YORK

Jeg hadde bestemt meg for å ta en drosje til hotellet hvor jeg skulle bo da jeg fikk øye på et kjent ansikt i det bølgende mylderet i ankomsthallen. Det var Sidney Bernstein, Vice President i The Company, mannen jeg hadde truffet i Buenos Aires da han var kommet dit for å snakke med meg personlig før den endelige kontrakten ble undertegnet.

Sammen med Sidney (nok en ting jeg måtte venne meg til, det å tiltale folk ved fornavn fra første stund!) sto to andre personer. Den ene var Hugo Sosa, sjef for Latin-Amerika og min pennevenn gjennom mange år. Vi hadde alltid kommet godt overens per brev og noen ganger over telefonen. Da som regel fordi han mente at min siste bestilling var altfor stor og at det fattige markedet ikke ville være i stand til å absorbere så mye varer. Men jeg holdt på mitt, og med få unntak fikk jeg rett. (Det var for øvrig en av grunnene til at jeg var blitt lagt merke til, det store salget i en av verdens avkroker og kanskje den fremste grunnen til at jeg nå befant meg i New York). Fra første stund likte vi hverandre gjensidig. Inntil da hadde han vært en underskrift på dusinvis av brev. Aldri hadde jeg forestilt meg at jeg skulle møte ham personlig, men nå som han sto foran meg og hilste meg på spansk med en klem ble jeg lettere til sinns. Av utseende var han akkurat slik jeg hadde forestilt meg ham. En pen liten mann, soignert og gråsprengt, lavmælt med et behagelig vesen og brune, varme øyne.

Den tredje personen i triumviratet fikk meg til å gispe i stum beundring iblandet grønn misunnelse. Det var Ronnie Richard, for tiden sjef for demonstrasjonsdamene i New York. «Welcome, Elisabeth», sa hun med et smil og ga meg en behansket hånd. Hun var overveldende. Perfekt sminket med sterk, grønn øyenskygge, falske øyenvipper og knallrød leppestift. Håret var høyt dandert etter dagens mote og lyste som kobber. Kåpen hun bar over den grønne kjolen var mink. Kanin var det i hvert fall ikke, det var jeg ganske sikker på selv om jeg ikke var bevandret i pelsverk. At det gikk an å se ut slik! Riktignok hadde jeg vært mannekeng i Paris og hadde også dollet meg opp ved visse anledninger både i Frankrike og Paraguay, men noe så perfekt ville jeg aldri oppnå. Det var jeg overbevist om. Jeg følte meg som spurven i tranedansen. Misunnelsens innmarie djevel hvisket meg i øret at jeg burde legge merke til at den stramme hofteholderen ikke helt klarte å skjule at hun var småfeit under kjolen og pelsen hun hadde skjødesløst over skuldrene. Sint på meg selv og de smålige tankene, bestemte jeg meg for å like henne. Smilet hennes hadde virket ekte og ærlig, og hun hadde sett meg rett inn i øynene da hun ønsket meg velkommen.

Noen dager senere da Ronnie og jeg ble bedre kjent betrodde hun meg at hun hadde vært like misunnelig på meg som jeg på henne da vi møttes første gang. «Riktignok var du sliten og trett, hvilket syntes, og håret ditt så ut som om det aldri hadde sett en frisør» (hvilket det heller ikke kom til å gjøre i årene framover – der var jeg sta). «Men du var ung, høyreist og slank og hadde en naturlig selvsikkerhet til tross for et utvasket fjes». Etter hvert kom det til å vise seg at Ronnie alltid var ærlig og at hun så meg slik. Det gjorde meg godt.

Store, feite snøflak falt fra himmelen denne vinterdagen i begynnelsen av 60-årene da vi gikk mot bilen som sto parkert foran inngangen.

Igjen smilte Ronnie til meg med de tunge øyenlokkene som vippet opp og ned. Skøyeraktig denne gangen.

«Visste du ikke at det er vinter her?» Hun så at jeg hutret. Jeg så på henne uten å svare. Naturligvis gjorde jeg det, men at jeg skulle bli møtt med snøstorm hadde ikke falt meg inn. Selv var jeg meget fornøyd med drakten jeg hadde fått sydd i Asunción før avreisen. Drakten var pen den, av hvit lin med mørkeblå passepartout. Men lin skrukker, noe jeg ikke hadde regnet med, og er uegnet til lange reiser. Nå så den ut som tatt rett ut av vaskebaljen mens jeg frøs gudsjammerlig.

Så var vi samlet alle fire, jeg sammen med tre personer som skulle bety uendelig mye for meg i tiden som fulgte. På godt og vondt.

Inne i bilen var det deilig varmt. Sjåføren i uniform manøvrerte limousinen med stor dyktighet inn og ut blant biler langs den brede motorveien. Alle gjorde sitt ytterste for å være hyggelige mot meg.

RACHEL – RONNIE

Ronnie skravlet i vei sin vane tro (som jeg snart skulle oppdage). Sidney kom med høyrøstede kommentarer inntil Hugo på sin stillferdige måte sa at vi kanskje burde snakke spansk, et språk vi alle behersket. Velsignet være ham. Han hadde forstått at jeg ikke hadde kunnet følge med i samtalen og at min engelsk hadde sine begrensninger! Kanskje husket han hvordan han hadde følt seg da han for tjue år siden kom fra Mexico for å begynne som selger i The Company for så ved hardt arbeide å stige i gradene til den høye stillingen han hadde i dag. Slik var The Companys policy. De fant sine medarbeidere ut fra oppnådde resultater i salg og brydde seg lite eller ingenting om skolegang og eksamensresultater. En tid etter fortalte Ronnie meg at Sidney, som nå altså var vice president og høyeste sjef for hele Sør- og Mellom-Amerika og Karibia, også hadde begynt som selger.

Det faller meg inn mens jeg skriver dette at The Company fremdeles var et familieforetagende, nå i tredje generasjon, stiftet av bestefaren, innvandrer fra Polen som begynte som parykkmaker på bakrommet av en fattigslig leilighet. At det var derfor de alltid var på jakt etter folk med tæl og innsatsvilje som de ofte fisket opp fra bunnen av rangstigen for å drive dem fram til de høyeste sfærer inntil de ikke orket mer.

Samtalen fikk fart også fra min side etter at vi begynte å snakke spansk. Hvordan hadde reisen vært, hadde jeg sovet godt, hva var mitt første inntrykk av New York? På det første spørsmålet svarte jeg at den hadde gått bra og på det andre at jeg hadde sovet godt. Jeg kunne ikke fortelle mine framtidige sjefer at jeg hadde sittet og sytet natten lang. Hva mitt inntrykk av byen som lå foran oss angikk, nøyde jeg meg med å si at jeg var overveldet. Det var i hvert fall sant.

Da bilen stanset foran hotell El Delmonico hadde jeg kun ett ønske; finne sengen min og sove meg vekk fra alt og alle i mange timer. Men jeg hadde glemt The Companys storslagne gjestfrihet som jeg hadde fått en forsmak på da jeg traff Sidney i Buenos Aires. Jeg må fortelle at da jeg året etter begynte å få penger mellom hendene sendte jeg bud og billetter til barna mine om å komme til New York for å tilbringe ferien sammen der. Og vi tok inn på El Delmonico med gammeldags luksus, antikke møbler, fabelaktig service og herlig mat. Midt i smørøyet. Rådyrt, ja vel, men det var verdt hver dollar. Etter flere måneder på reise var jeg lut lei kjønnsløse hoteller som Hilton og InterContinental og søkte etter et hotell med sjel. Om det fremdeles eksisterer vet jeg ikke, det er tross alt førti år siden.

Jeg sjekket inn fulgt av mine tre nye bekjentskaper og bellboy-en med kofferten.

Jeg belaget meg på å si farvel da Sidney sa: «Du trenger kanskje å freche opp før vi spiser? Vi venter på deg i spisesalen».

Til tross for min elendige forfatning og øyne som så vidt klarte å holde seg åpne kunne jeg ikke unngå å legge merke til at jeg skulle bo i en suite med salong og soverom. På bordet foran sofaen sto det en bukett gule roser, et fruktfat, en eske konfekt og en flaske champagne i en bøtte med is. Og på et sidebord var det diverse flasker av ukjent opprinnelse for meg som hadde vært totalt avholdende siden jeg forlot Frankrike, og nok en bøtte med isbiter som hadde begynt å smelte. Det med isen var også nytt for meg selv om jeg hadde vært borti isbiter ved festlige anledninger. I årevis hadde jeg klart meg uten. I Paraguay hadde vi ikke en gang kjøleskap. For å få maten til å holde seg heiste jeg den ned i brønnen.

Nå fant jeg den overalt. I drinker, rundt maten, under salaten. Nok en vane å forholde seg til selv om jeg syntes og fremdeles synes at den overdrevne kulden tar vekk smaken fra mat og drikke.

Raskt skvettet jeg vann over fjeset og gredde håret. Den krøllete drakten fikk stå sin prøve og å legge en ny makeup på den tiden jeg hadde til rådighet kom ikke på tale.

Da jeg kom ned satt mine nye venner som ennå ikke var det, men skulle bli det, med hver sin drink foran seg. «Vi har bestilt en til deg også», sa Sidney da han og Hugo reiste seg for å ta imot meg. Uhørt! Maken til uhøflighet hadde jeg aldri sett.

«Det er en dry martini», fortsatte Sidney. «Jeg håper det er all right for deg». «Tusen takk!» sa jeg. «Den vil sikkert smake godt».

Jeg forbandt Martini med vermut og tok en stor slurk. Drinken forekom meg litt sterk og bitter, men olivenen på pinnen smakte godt, og jeg fant ut at det sikkert var slik nordamerikanernes vermut smakte. At den besto av fem deler gin og én del tørr vermut, lærte jeg etter hvert. For øvrig følte jeg meg på nokså sikker grunn da det var dette mine medreisende hadde drukket hele tiden.

Da jeg var halvveis i glass nummer to var jeg ikke sliten lenger. Hvordan maten smakte husker jeg overhodet ikke, heller ikke vinen som ble drukket, men derimot at jeg ble meget snakkesalig.

Med stor patos fortalte jeg om landet jeg hadde forlatt. Om Asunción med myke arkader, de gamle bygningene fra kolonitiden, bougainvilleaen som klatret på murene, gatene i skyggen av trær med blomster. Jeg fortalte om lunkne netter med duft av sjasmin og harpeklang, om himmelhvelvet som var så lavt at en nesten kunne gripe fatt i stjernene, og at sammenlignet med Asunción kunne New York bare gå hjem og legge seg.

At jeg også sa en hel del andre ting som jeg ville ha holdt for meg selv ved dette første møtet hvor jeg burde ha gitt et godt inntrykk, er utvilsomt, men jeg hygget meg storartet. Jeg var ganske enkelt full og lengtet hjem – ikke til Norge som jeg hadde fått i vrangstrupen, heller ikke til Frankrike hvor jeg hadde oppført meg dårlig da jeg tok loven i egne henger og var ettersøkt for barnerov, men til Paraguay. Landet som hadde tatt imot meg med åpne armer da jeg som mest trengte det. At fedrelandet Norge igjen skulle få en viktig betydning for meg etter år i utlendighet, visste jeg ikke da.

Dagen etter var det søndag. Såpass husket jeg da telefonen på nattbordet kimte. Jeg skvatt av lyden. Det var lenge siden jeg hadde hatt telefon. Det var Ronnie. Med bankende tinninger og en jernring rundt hodet oppfattet jeg søvndrukken at hun, slik vi hadde avtalt, skulle komme og hente meg om et par timer. Ikke for mitt bare liv kunne jeg huske noen avtale, men lot som ingenting. Hvor mange klokken var i den delen av verden gadd jeg ikke å finne ut, det bød på for mye hodebry. I hvert fall hadde jeg to timer til rådighet til å komme til hektene igjen.

Jeg var rasende. Ikke på Ronnie, men på meg selv som hadde drukket meg full kvelden før. Jeg fant ingen unnskyldning i det faktum at jeg ikke var vant til sterke drikker og håpet bare at jeg ikke hadde dummet meg loddrett ut. Langt inni hodet mitt hørte jeg fars stemme: «Skyld ikke på andre. Du har ansvaret for deg selv», og hans kraftsalve når jeg hadde gjort noe galt: «OPPFØR DEG SOM FOLK!» Skamfull måtte jeg innrømme at denne gangen hadde jeg sviktet. Men å love meg selv at «dette skal jeg aldri gjøre mer» var lett. Å ha tømmermenn er en forferdelig tilstand som jeg ikke ønsket å oppleve en gang til.

Fra vesken fisket jeg fram to Aspirin, en medisin jeg hadde tatt med for alle tilfelles skyld. Den sterkeste jeg eide. Jeg svelget dem med mange glass vann, restene av isbitene i champagnekjøleren og bøtta på barbordet, og tumlet ut på badet.

Der møtte det meg nye og store vanskeligheter. Jeg brukte lang tid på noe så enkelt som å få i gang en lunken dusj. På vaskerommet i Paraguay, hvor det bodde en stor padde som holdt myggen unna, hadde vi hatt en sinkbalje til å stå i og en bøtte full av vann fra brønnen med en øse oppi. Enkelt og greit. Her var det så mange kraner med varmtvann og kaldtvann til dusj og badekar, pluss isvann over vasken som hadde tre kraner, at en kunne bli tommelomsk av mindre. På dolokket var det lagt en strimmel av papir som forsikret den trengende om at setet var hygienisk rent og at man kunne sitte trygt. Tatt i betraktning at mitt siste avtrede hadde vært et lite skur bak vaskehuset, begynte jeg å se det komiske i situasjonen. Jeg begynte å le så jeg skrattet for meg selv over så mye forniklet luksus.

Endelig fikk jeg dusjen i gang uten å bli skåldet eller nediset, og mens vannet pisket over meg lovet jeg meg selv nok engang at en slik lidelse ville jeg aldri frivillig utsette meg for.

Da Ronnie ankom dryppet jeg fremdeles. Jeg hadde hyllet meg inn i et håndkle rundt kroppen og et mindre rundt hodet. Jeg hadde nemlig oppdaget en stor konvolutt adressert til meg ved fruktfatet mens jeg rotet omkring. Det foresvev meg at Hugo hadde sagt noe om at jeg ville finne et brev på rommet hvor jeg ble underrettet om mine oppgaver for ukene framover. Naturligvis var jeg spent og satte meg ned for å lese. Jeg var ikke kommet lenger enn til første side da Ronnie banket på døren.

Det jeg hadde lest var at Ronnie skulle lære meg alt om sminkekunst, den praktiske opplæringen av demonstasjonsdamer bak disk, og produktinformasjon. Deretter var det Hugo som skulle overta for å sette meg inn i den forretningsmessige siden av arbeidet mitt slik som budsjetter, markedsføring og statistikker. At det var en så viktig person høyt på strå som skulle lære meg saker og ting som hadde med tall å gjøre, syntes jeg var underlig. Det måtte være en misforståelse. På skolen hadde jeg alltid fått Ng i regning! Kanskje var det en feilvurdering av mine gjøremål fra Paraguay hvor jeg måtte skrive regninger, sende bestillinger og føre statistikker. Jeg fikk snakke med Hugo om dette. Ronnie hadde gjort sitt inntog i all sin velde.

«Kommer jeg for tidlig ...?»

«Nei, langt ifra. Gi meg et par minutter og jeg er ferdig. Sitt ned og lat som du er hjemme. Her er mange godsaker hvis det frister.» Jeg slo ut med armene og viste henne herlighetene. Sjokoladeesken, fruktfatet og champagneflasken som lå og skvulpet i kjøleren, trett og lunken. Hun hadde derimot fått øye på baren og gikk direkte bort til den hvor hun blandet seg en drink bestående av litt tomat juice, mye vodka, Tabasco Worcestersaus og sellerisalt. Isbiter fant hun i et lite kjøleskap som jeg ikke hadde sett.

«Skal jeg lage en Bloody Mary til deg også? Det er livgivende dagen derpå. Du har kanskje vondt i hodet etter gårsdagens utskeielser?»

«Nei takk!» sa jeg bestemt og ristet på hodet mens jeg bedyret at vondt i hodet hadde jeg ikke. Langt ifra! Men noen drink hadde jeg ikke lyst på. Mens Ronnie nøt sin drink begynte jeg å rote i kofferten for å finne et passende antrekk mens jeg forsøkte å få håret så tørt som mulig ved hjelp av håndkleet. Jeg forklarte Ronnie at jeg vanligvis vasket håret om kvelden før jeg rullet det opp og at det da var tørt neste morgen.

«Det finnes sikkert en hårtørker på badet», sa Ronnie blidt etter å ha betraktet meg en stund. Hvilket det gjorde. Da jeg kom tilbake fra badet kom hun tilbake til hårtørkeren.

«At du ikke har hårtørker må vi ordne på sammen med alt det andre. Minn meg på det», sa hun mens hun skottet ned i kofferten hvor alt lå hulter til bulter. Hva alt det andre var fikk jeg vite den dagen vi dro ut for å handle.

På bunnen av kofferten fant jeg en grønn tweeddrakt og en høyhalset hvit genser samt et par såkalte spasersko av lær med lave hæler og snøring. Alt rester fra Frankrike som hadde ligget eller hengt ubrukt i mange år.

Noen dårlig samvittighet for Ronnie hadde jeg ikke for hun lot ikke til å være utålmodig. Tvert imot så hun ut til å hygge seg der hun satt avslappet i sofaen med beina på bordet og skranglet med isbitene.

Da jeg omsider var ferdig spurte hun om jeg likte italiensk mat. Om jeg gjorde! Sulten som jeg var ville hva som helst falt i smak. Allerede så jeg for meg en stor tallerken med rykende spagetti overstrødd med masse ost som lå og smeltet.

Nede i resepsjonen begynte portieren å blåse i fløyten sin etter drosje med en gang han fikk øye på oss, men Ronnie hadde bestemt seg for å spasere. Det var greit for meg som var skikkelig skodd, men at hun ville ut på det glatte fortauet med sine høyhælte sko forundret meg.

Det hadde falt mer snø over byen siden sist jeg hadde sett den, og denne søndagen var den ny og ren som fra skaperens hånd. Boksene av glass og metall var delvis dekket av et hvitt skinnende lag som gnistret om kapp med solen. Semaforene lignet gamle damer med nattluer. Det var nesten ingen biler å se. Hadde det ikke vært for bråket fra maskinene som måket gatene hadde også stillheten vært komplett. Men kaldt var det ikke, og jeg visste at om få timer ville alt det vakre bli forvandlet til sørpe og søle.

Etter en ti minutters gange kom vi til en liten, intim restaurant med rødrutete duker og tente stearinlys på bordene. Vi var de eneste gjestene og ble øyeblikkelig tatt hånd om. Ronnie fikk så vidt tid til å sparke av seg skoene og sette dem under radiatoren før hovmesteren kom med to menyer på størrelse med Ikeas postordrekataloger. Deretter viftet han med serviettene som ble plassert på våre respektive fang.

«Bring oss en flaske av husets rødvin mens vi bestemmer oss», befalte Ronnie. Vinen kom, Ronnie prøvesmakte og sa seg fornøyd, mens jeg svevde i ytterste forvirring. Jeg bladde side etter side på leting etter noe kjent. Det vil si makaroni eller spagetti. Men alt jeg så var cannellonis, raviolis, lasagne, rigatoni pluss jeg vet ikke hva. Alt like ukjent for meg som det var for folk flest i Europa på den tiden. Før italiensk kjøkken for alvor gjorde sitt inntog. En fabelaktig markedsføring når vi tenker på dagens generasjon som for det meste lever av pizza og pasta.

Altså var vi på en ekte italiensk restaurant med kun italiensk mat.

Senere da jeg kom tilbake til New York, byen som har alt, lærte jeg også å sette pris på kinesisk, indisk og mexicansk mat. Den japanske satte jeg mindre pris på. Ikke noe galt med smaken, men fordi jeg liker store porsjoner.

«Skal jeg bestille for deg», spurte Ronnie. Hun så at jeg hadde vanskeligheter.

«Ja takk!» sa jeg.

«Og hva skal du ha å drikke?» Hun hadde sett at jeg ikke hadde rørt vinen.

«Coca Cola», svarte jeg bestemt. Jeg hadde sett lysreklamene som blafret oppe på tak og husvegger og antok at det måtte være godt. Jeg vet nå at den gang hadde drikken allerede fått sitt fotfeste i Europa, men i Paraguay var den ukjent. Skuffelsen var enorm. Selv for å være høflig klarte jeg ikke å få i meg den emne, søte drikken med den ekle bismaken. Jeg ba om et nytt glass og fikk vin i stedet.

Jeg gjorde ære på maten da den kom, skrubbsulten som jeg var. Min personlige panne med cannellonis, gylden og brunstekt med tomatsaus og ost forsvant som dugg for solen, og det var først da jeg var midt i kalvekotelettene som jeg ville ha kalt Wienersnitsel at jeg oppdaget at Ronnie fremdeles satt og plukket i salaten som hun hadde bestilt til seg selv. At hennes spisevaner senere skulle volde meg store bekymringer, var jeg lykkelig uvitende om.

Mens vi satt der og hygget oss kunne jeg ikke slippe øynene fra ansiktet hennes. Det var fascinerende. I det forrykende taletempoet som var så karakteristisk for henne, og mens hun var på god vei gjennom Chianti-flaske nummer to, fortalte hun meg om sine forskjellige fobier; akrofobi, pyrofobi, klaustrofobi pluss mange andre som jeg ikke hadde hørt om. Mange av historiene var morsomme og jeg lo sammen med henne, mest fordi ansiktet hennes forandret utrykk for å tilpasse seg fortellingene. Akkurat som i gresk teater hvor skuespillerne skifter masker etter hvert som handlingen forlanger det.

Nå lo vi sammen, men etter hvert lærte jeg å tyde tegnene. Når fingrene rundt sigaretten ble krampaktig fastere, når hennes whisky og soda gikk over til å bli rent brennevin som hun gulpet i seg for å døyve angsten, var det ikke fullt så morsomt lenger.

Jeg benyttet en pause.

«Ronnie Richard!» utbrøt jeg. «For et flott navn du har, akkurat som skreddersydd til jobben! Er du av engelsk avstamming?» Jeg så på den hvite huden, fregnene over nesen som ingen sminke kunne dekke helt over lengre tid og det kobberrøde håret.

«Geez…», Ronnie brast ut i en hjertelig latter. «La meg betro deg en hemmelighet. Jeg heter Rachel. Rachel Schwartzbaum fra Brooklyn og er datter av en rabbiner».

Jeg ble høylig forbauset. Jeg hadde ikke kommet lenger i visdommen enn at jeg forbandt Israels barn med mørk hud og lang nese. I hvert fall ikke med fregner og en antydning til oppstoppernese. Det andre som forekom meg nesten utrolig, var at hun hadde byttet navn når hun het noe så flott som Rachel.

Ronnie som nå skulle bli Rachel for meg, så spørrende på meg.

Jeg ga uttrykk for hva jeg tenkte. Hun lo igjen, denne gangen kanskje litt bittert.

«Du vil skjønne det bedre når du har vært her en stund. Rachel Schwartzbaum smaker av jødisk middelklasse, leverpostei og gefühlte fisch. Ikke særlig populært nei, ikke populært i det hele tatt.» Hun lo og løftet glasset.

«L'chaim, shickset! Det betyr skål, kristen pike!» Vi klinket glassene og skålte. Jeg vurderte om jeg skulle fortelle henne at kristen var jeg i hvert fall ikke da hun spurte meg om jeg ville bo hos henne de neste ukene mens treningen foregikk.

Alt gikk i slik forrykende fart at jeg ikke fikk tid til å tenke meg om. Jeg ba henne gjenta setningen. At det var Rachel/Ronnie som skulle føre meg inn i sminkens edle kunst hadde jeg lest samme morgen. Men derfra til å bo hos henne ...?

«Men hva sier Sidney og Hugo ...?» Allerede falt det meg naturlig å benevne dem med fornavn.

«De er enige. Ja, jeg har snakket med dem.» Ordningen ville ha mange fordeler forsikret hun meg. Vi ville slippe å forflytte oss til kontorene og skjønnhetssalongene i det sure været, vi ville få arbeidsro, og jeg kunne spare massevis av penger ved ikke å bo på hotell.

«Hvordan det?» spurte jeg dumt. Jeg hadde jo ikke lest mer enn én side av alt som var forespeilet meg.

«Fordi du fra nå av vil få noe vi kaller 'per diem'. Det vil si en sum penger per dag som du vil disponere over. Den er fastsatt etter prisnivået i de forskjellige landene du kommer til å besøke, beregnet etter hva det koster å bo på de beste hotellene og spise på restaurant tre ganger om dagen. Hvilket vil si at de ukene du eventuelt bor gratis hos meg vil du allikevel få disse pengene.»

Og jeg som hadde trodd at lønnen jeg var blitt lovet, enorm etter mine mer enn nøkterne begreper, skulle dekke alle utgiftene mine. Det begynte å gå opp for meg at jeg var havnet oppgi en kilde av penger som bare øste ut og øste ut uten å vøre.

«Jeg har ikke fått lest brevet fra Hugo», bekjente jeg.

«Er det mer du kan fortelle meg som jeg ikke vet, angående det økonomiske mener jeg …?» Jeg er redd for å virke grisk, men kunne ikke unngå at dollarsedlene allerede blafret for mitt indre.

«Vel», fortsatte Rachel. «Reisene og all overvekt av bagasje blir naturligvis betalt av oss. Likeledes vil du få en representasjonskonto uten fastsatt beløp som du kan bruke etter behov.»

«Representasjonskonto, hva var nå det?» Jeg spurte igjen. Jo, det var at når jeg følte for det og ville be med folk ut som jeg mente å dra nytte av, kunne jeg bruke den kontoen. Det var bare å sende inn regningen og beløpet ble satt inn på min bankkonto.

«Akkurat som i dag», sa Ronnie. «Vårt måltid her vil ikke koste meg en øre.» Det skuffet meg litt, men jeg innså at fra nå av var jeg i en ny verden.

«Er det mer du kan fortelle meg?» Nå hadde jeg fått blod på tann. Ronnie tenkte seg om.

«Du har fri friserdame så ofte du vil, nyinnkjøp av eventuelle antrekk du måtte ha bruk for og drosjer så mange du trenger. Hva de siste punktene angår trenger du ikke sende regninger, bare sende inn overslag over hva det har kostet deg. Utgiftene dine må du skrive på et skjema hver måned og sende inn sammen med dine 'daily reports'.» De daglige rapportene visste jeg hva betydde. De siste par årene i Paraguay hadde jeg skrevet dem samvittighetsfullt hver dag. Der stod det hva jeg hadde solgt, hva jeg hadde gjort for å fremme salget og hvor mange kunder jeg hadde hatt.

Det med dagpengene, hvor mye det var i New York, turte jeg ikke spørre om. Jeg ville ikke stå fram som grisk, men antok at det ikke var småpenger.

«Mener du at du har et ekstra værelse til meg?» Etter så mange år alene kunne jeg ikke tenke meg å dele hverken seng eller rom med noen. Og langt ifra med Rachel som ikke var den mest avslappende typen. Jeg ville trenge et sted å trekke meg tilbake og være for meg selv.

«Naturligvis har jeg det. Et deilig rom til din disposisjon.» Dermed var det avgjort. Flere innvendinger hadde jeg ikke å komme med.

Jeg lærte mye av Rachel. Alt hadde ikke med pensum å gjøre, men mest om hvor vanskelig det kan være å være menneske. Utenfor praiet Rachel en taxi som tok oss tilbake til El Delmonico for å hente sakene mine, og noen minutter senere stanset vi foran inngangen til bygningen hvor hun bodde.

En stor, blå markise med frynser gikk fra døren til kanten av fortauet, og portieren så ut som en admiral i blått med mange striper av gull.

Leiligheten var overveldende, men også skuffende. Den minnet meg litt om Rachel kvelden forut. Perfekt arrangert av en ekspert som kunne sitt fag, men for perfekt. Upersonlig, uten sjel. Det slo meg også at maken til denne stuen hadde jeg sett før. Nemlig på kino i 30-årene, da heltinnen i amerikanske komedier boltret seg i slike omgivelser iført flagrende fotside gevanter.

Utvilsomt var det et vakkert rom, men den fortalte lite om henne som bodde der. Ingenting lå strødd omkring, hverken bøker eller aviser. Heller ikke mer eller mindre estetisk sett vellykkede gjenstander som folk flest omgir seg med fordi de betyr noe for dem. Familiefotografier var heller ikke å se. På de hvite veggene hang kun noen moderne reproduksjoner i grelle farger som jeg antok var av Picasso og Modgliani.

Resten av interiøret var også holdt i hvitt. Teppet som dekket hele gulvflaten, skinnmøblene - store og komfortable, og gardinene som hang tunge og kostbare ved siden av dørvinduene som førte ut til en stor balkong. Det eneste innslaget av farger var store grønne planter (som jeg først tok for å være ekte, men som ikke var det) i antikke kobberkjeler som aldri hadde vært gamle.

Baren var minst to meter lang og skinte av nikkel og svart marmor, og på hyllene bak sto rekker på rekker av flasker i mange fasonger og farger. Bak baren lå kjøkkenet, lite, bortgjemt og øyensynlig glemt. Ved siden av baren førte en vindeltrapp opp til soverommene som gjenstod å se.

Men så oppdaget jeg veggen som var dekket av grammonplater. Side om side i stramme rekker omkring en platespiller og to høyttalere.

Jeg tok inn alt der jeg sto midt på gulvet ved siden av min store, hvite koffert som ville ha passet godt inn i omgivelsene, uten alle flekkene.

«Hva synes du?» ropte Rachel overstrømmende, øyensynlig spent.

«Utrolig, fabelaktig, jeg har aldri sett maken», sa jeg. Jeg kunne jo ikke fortelle henne om alt som hadde gått gjennom hodet mitt mens jeg betraktet herligheten. Slett ikke at jeg hadde sett maken på kino i min barndom.

«Ikke sant!» Hun lo fornøyd. «Jeg betalte interiørdekoratøren (jeg har glemt summen) så og så mye, og nå koster den meg 200 dollar i uken. Hva mener du, er den ikke verdt leien?»

Raskt vekslet jeg dollar til guaranier i hodet, og fant ut at med de pengene kunne ungene og jeg ha levd flere uker i Paraguay.

«Ingen tvil om det», sa jeg falskt. Leiligheten er nydelig. Jeg befant meg nå i et pengevelde og ulte med ulvene jeg plutselig befant meg sammen med. Allerede dagen før på flyplassen hadde jeg oppdaget at i dette samfunnet ble det satt prislapper på alt, da Sidney etter å ha beundret Ronnies mink spurte om hvor mye den hadde kostet.

Jeg ba om å bli vist rommet mitt som viste seg å være stort og lyst med blomstrede sengeteppe og gardiner. Badet skulle

Rachel og jeg ha felles. Det var godt med skapplass. Jeg ryddet og hengte opp og gikk ned til Rachel som døset på sofaen og lyttet til en opera som gjallet for full steam.

«Liker du opera, Elisabeth?» Jeg ropte at jeg gjorde det, men ikke fullt så høyt. Ronnie krøp ut av sofaen og dempet musikken mens hun fortalte meg at det var Marie Callas i Norma og som nå sang seg inn i døden. Så vidt jeg husket ble hun brent.

Jeg gikk bort til platehyllen og tittet nysgjerrig. Haydn, Händel, Bach og Sibelius, men ikke mange. Forgjeves lette jeg etter mine favoritter; Mozart og Beethoven. Men av opera fantes det dusinvis, noen ganger de samme i forskjellige utgaver med diverse utøvere. Noen få kjente jeg, andre hadde jeg hørt om, men det var Ronnie som førte meg inn i operaens verden.

«Du liker i hvert fall opera», konstaterte jeg.

«Liker ...», sa Rachel, «nei det er for svakt. Jeg elsker opera overalt i verden. Den gir meg fred i sinnet og får meg til å glemme.»

Etter hvert ble jeg kjent, ikke bare med musikken, men også handlingen i dramaene som utspilte seg, pompen og prakten på scenen og de tragiske kjærlighetshistoriene. Ronnie var en fabelaktig forteller. Jeg kunne bare lukke øynene og lytte til henne sammen med musikken, og jeg var der. Det som før kun var skrik og skrål fikk en mening.

På restauranten hadde Ronnie gitt meg et lite innblikk i sine fobier, og allerede samme kveld fikk jeg se henne i aksjon mot sin verste fiende, alderen. Hun skydde ingen anstrengelser for å bevare restene av en skjønnhet som egentlig måtte ha vært blendende. Nå begynte hun å gjøre en masse grimaser som hun kalte ansiktsgymnastikk. Deretter forsvant hun sakte og forsiktig opp trappen og kom tilbake med plasterlapper klebet på hver side av munnvikene og over neseroten.

«Dette bør også du snart begynne med», sa hun grøtet. «Først masserer du fjeset med hormonkrem, tørker den vekk med ansiktsvann og kleber lappene på utsatte steder. Jeg har lagt merke til at du har noen linjer i pannen», la hun litt ondskapsfullt til.

Jeg svarte ikke. Jeg beundret hennes iherdighet, men visste med meg selv at dette ville jeg aldri ha giddet. Jeg ville eldes i fred. I ukene vi arbeidet sammen beholdt hun plasterlappene på hele dagen, og jeg vente meg til det. Hvor gammel hun var fikk jeg aldri vite. Men når vi skulle ut blant folk etter et par timer foran speilet på badet og i dempet belysning, kunne hun framstå som midt i trettiårene.

Etter en stund ruslet jeg ut på kjøkkenet for å se om det fantes noe spiselig i kjøleskapet, men da det var tomt fant jeg ut at jeg like godt kunne gå og legge meg.

«God natt, Rachel!»

«God natt, Elisabeth! Vi begynner i morgen klokken 9.»

Ved sjutiden var jeg nede og romsterte i skuffer og skap. Noe måtte jeg i vel finne! Jeg fant et glass med pulverkaffe og noen tørre kjeks i et skap som ble til frokost, fast bestemt på at senere på dagen skulle jeg handle mat.

Klokken 09.00 punktlig kom Rachel ned. Med seg hadde hun en stor eske med diverse produkter og en bunke dokumenter.

«Nå setter vi i gang. Rydd bordet», sa hun bestemt.

Jeg ryddet bort kaffekoppen og kjekspakken og befant meg plutselig ovenfor en person jeg ikke kjente. Rachel på sitt ypperste.

Hva hun ikke kunne om sminke og hudpleie, i dag og gjennom tidene, var ikke verdt å vite. Hun satt inne med enorme kunnskaper som hun var villig til å dele med meg uten forbehold. Uten hennes sjenerøsitet og kunnskap ville jeg aldri ha følt meg så sikker i mitt nye yrke som jeg var da jeg dro ut på egenhånd.

Rachel viste meg hvordan jeg skulle legge makeup for film og teater, hvordan en kan forandre unge ansikter til å eldes og motsatt. Hun gav meg bøker å lese om sminkens historie gjennom tidene. Jeg lærte om de gamle romerne som farget knærne røde og bleket håret for å ta seg bra ut når de marsjerte av sted til nye erobringer og da de kom tilbake for å motta folkets hyllest. Jeg lærte om krigere og prester fra alle kontinenter og kulturer som fra tidenes morgen malte seg for å skremme fienden eller tilkalle gudenes velsignelse. Fra steinalderen til den nyere tid vandret jeg i fantasien gjennom kriger, religion og forfengelighet. Hva som kanskje forundret meg mest, var at The Company hadde solgt tonnevis av kamuflasjesminke til soldatene i Stillehavet under siste verdenskrig.

Disse bøkene var på engelsk, og da stoffet interesserte meg overmåte, sivet språket inn uten at jeg nesten selv var klar over det.

Det som kjedet meg mest var produktinformasjon, som betydde at jeg skulle vite hva alle ansiktskremene inneholdt og hvilken nytte de gjorde for forskjellige hudtyper. Jeg ble ikke overbevist da og er det fremdeles ikke. Slik jeg ser det trenger huden fett eller fuktighet alt ettersom, men at hormoner eller andre finurligheter kan trenge inn i huden og gjøre underverker tror jeg ikke på. Forhåpentligvis tar jeg feil, men selv har jeg aldri merket noen forskjell til tross for at jeg har fulgt ritualene hele mitt liv. Plasterlappene for å holde ungdommen på plass unntatt.

Rachel var en streng lærer. Vi arbeidet i ett sett fra morgen til klokken fire på ettermiddag uten stans. Da var jeg totalt utmattet etter så mange timer med intens konsentrasjon, men Rachel var like pigg. Det forundret meg at hun kunne være så utholdende, men det var før jeg visste om pillene hun tok.

Imidlertid hadde jeg fått igjennom at jeg ikke ville spise ute hver kveld. Jeg handlet inn før eller etter timene og laget mat til oss. En solid frokost med egg og bacon til meg som hun bare fnøs av mens hun drakk svart kaffe og juice. Til kvelds stekte jeg fisk eller en biff og blandet en salat som hun aller nødigst smakte på.

Jeg hadde funnet en herlig forretning i nærheten. Et overflødighetshorn hvor det formelig tøt ut lekkerbiskener og kunne bare beklage for meg selv at jeg hadde funnet meg en så lite matglad kamerat.

«Jeg kan ikke begripe hvordan du kan holde deg så slank når du spiser som en ulv», sa Rachel. Nok en gang litt ondskapsfullt. Hun hadde det med det å komme med små brodder iblant.

Som vanlig i slike tilfeller svarte jeg ikke. Jeg visste at det var kalorier i brennevin, og det hadde ikke vært til å unngå at jeg hadde oppdaget at Rachel drakk.

Hun rørte aldri en flaske mens vi holdt skole, men når jeg kom tilbake om kvelden etter handleturen, var hun allerede beruset. Musikken som gjallet gjennom rommet og møtte meg sammen med henne for full kraft når hun åpnet døren. Øynene hennes var blanke, skinnende. Som en prinsesse skred hun gjennom rommet, stiv og med rett rygg fram til sofaen hvor hun kastet seg ned ved siden av glasset som inneholdt hennes livgivende dråper.

Det sies at alkohol skal være skadelig for hjernen. I så fall må Rachel ha vært et unntak. Hennes små grå celler fungerte utmerket. Faktisk var hun mer snartenkt og skarpere enn mange jeg har kjent.

Kun to ganger var vi ute av leiligheten sammen så lenge opplæringen varte. Den ene anledningen var en invitasjon til et typisk New York-party. Det består i at man samler så mange mennesker som mulig i en mer eller mindre trang leilighet. Menneskene, som ofte ikke kjenner hverandre, vandrer omkring med et glass i hånden på leting etter noen å snakke med. Grupper samler seg og forlater hverandre. Det summer av stemmer, klirrer i isbiter, og lyden blir høyere og høyere ettersom folk blir fullere og fullere. Mat blir ikke servert, kun snacks, sitteplasser finnes ikke. Det er den tristeste form for selskapelighet jeg kan tenke meg.

«Var det ikke hyggelig?» spurte Rachel da vi satt i drosjen hjemover. «Så mange festlige mennesker!»

«Ja, jeg er trøtt», svarte jeg og lengtet til sengen. Det var ikke alltid jeg var like imøtekommende jeg heller. Rachel hadde presentert meg for noen av sine bekjentskaper og lagt ut om min lysende framtid som The Companys utsending til Latin-Amerika. Jeg var blitt kysset og klemt av folk som ønsket meg lykke til mens de kalte meg darling og sweetheart og fortalte meg hvor wonderful jeg så ut. Men jeg hadde hele tiden følelsen av at egentlig var jeg dem totalt likegyldig og at den overstrømmende elskverdigheten kun var et spill. Min intuisjon viste seg å være riktig. Ofte siden skulle jeg være sammen med de samme menneskene i samme omgivelser som sa nøyaktig de samme ordene. Jeg snakker nå om New York. Lenger sørover på kontinentet følte jeg meg vel selv blant ukjente. Deres varme virket ekte.

Så kom den store dagen vi hadde gledet oss til lenge. Etter mye strev over telefonen, for til slutt å få en av kontordamene til å stå i kø for seg, hadde Rachel fått to billetter til Metropolitan Opera. Hva meg angår hadde jeg kun sett og hørt tre operaforestillinger i mitt liv. Den første gangen i Oslo før krigen da jeg sammen med foreldre mine reiste til hovedstaden for å overvære Carmen. Det var en av min barndoms største kulturopplevelser, kun overgått av Nationaltheatrets barneforestillinger før jul, og da Sonja Henie hadde oppvisning på Marienlyst i Drammen. Vi dollet oss opp med lange kjoler, jeg i en av Rachels, og Rachel så ut som et bilde tatt ut av en drøm. Jeg sa det til henne og hun lyste opp som av tusen lanterner.

De andre to gangene var i Paris-operaen hvor jeg så Faust som gjorde et veldig inntrykk på meg. Aldri vil jeg glemme siste akten hvor Marguerite sitter ensom og fortvilet i sitt fengsel da himmelen åpner seg og englene henter henne fra jorden opp til seg. Siden den gang har jeg overvært mange Faust-forestillinger, men aldri maken til oppsetning.

La Boheme derimot var en skuffelse. Musikken var til sine tider all right etter mitt øre den gang, men jeg savnet det veldige, det flotte. Kunstnere som frøs på et loftsrom var ikke noe for meg etter å ha sett Faust med glitter og glans, ballett og et veldig kor.

Imidlertid var vi nå på vei, jeg for å bli kjent med Wagner som jeg forbandt med Valkyrierittet og Tannhauser, sterk musikk som jeg elsker og nesten får meg til å sveve.

Men for meg som var og fremdeles er en nybegynner i faget, var Parsifal et dårlig valg. Slik jeg husker det i dag, var det hele tiden traurig og kjedsommelig til tusen med prester på scenen. Rachel fortalte meg etterpå at jeg hadde sovnet og snorket svakt. Jeg betvilte ikke hennes ord, så det er jo mulig at jeg gikk glipp av noe mer spennende.

Dagen etter begynte jeg å pakke. Min tid hos Rachel var forbi. Jeg skulle tilbake til meg selv på hotellet. Fra nå av var det Hugo som skulle overta min opplæring.

«Jeg kommer til å savne deg, 'paraguayita'», sa Rachel mens tårene piplet. «Det har vært godt å ha deg her.»

«Dette er ikke noe å gråte for, Rachel», sa jeg. «Vi har jo mange andre planer og vil se hverandre ofte. Du har selv fortalt meg at vi skal ut og handle utstyr til meg en eller annen dag, og kanskje blir du sendt til Karibia for å sjekke arbeidet mitt.»

Da jeg sa det visste jeg ikke at Rachel et par år tidligere var blitt sendt sørover, men var blitt kalt hjem etter noen måneder.

«Tusen takk for meg», sa jeg muntert. «Når det er slik at du ikke vil ha meg mer, må jeg jo finne meg i det. Den eneste fordelen for meg er at jeg slipper å bli tutet ørene fulle av opera!» Hun lo, og jeg dro.

Det var deilig å komme tilbake på hotellet. Å være alene igjen føltes godt. Jeg var blitt glad i Rachel, men hun var slitsom, uten tvil.

På det samme bordet hvor jeg hadde funnet min første konvolutt lå det en ny. Mindre denne gangen, helt hvit, med ordre om å innfinne meg på sjefens kontor klokken 11 noen dager senere. Til den store sjefen som ble omtalt som The Head.

Det Hugo lærte meg var ikke stort mer enn det jeg kunne fra Paraguay, men i en større skala. Jeg skulle ansette folk og trene dem opp. Det gjaldt både selgere og demonstrasjonsdamer. Jeg skulle iverksette store demonstrasjoner i byenes viktigste varehus og hjelpe importørene med bestillinger og budsjetter ettersom salget gikk opp. At det kunne gå motsatt vei ble aldri tatt i betraktning. TV og radio ble ikke nevnt. Det var noe jeg fant på av meg selv. Det var da alt Rachel hadde lært meg komme til gode. Aldri var jeg i beit for noe å snakke om.

I Hugo fant jeg en god venn. Ofte ble jeg sendt med ham hjem hvor jeg ble kjent med hans kone, den elskelige Juanita, og hans fire barn som kalte meg tante. Hun laget meksikansk mat og jeg lekte med ungene. Noen ganger overnattet jeg også hos dem på et av barneværelsene på en utslått jernseng som var vond å ligge på, men hvor jeg allikevel befant meg såre vel. Barna sov dypt og rolig og jeg med dem.

Uten helt å vite det hadde jeg nok sovet på ank hos Rachel, på vakt etter lyder fra baderommet hvor hun drev og tumlet på nattetider. Ofte hadde klirringen av ringene på dusjforhenget mot stangen, etterfulgt av et kraftig vannfall, vekket meg. Men det var kun én gang da bråker var så intenst og banningen så høylytt at jeg ble redd og stod opp for å se etter. Hva jeg fant da jeg åpnet døren, var hun gråtende, splitter naken på alle fire som plukket opp piller som lå strødd omkring på gulvet. Da hun fikk øye på meg ble hun rasende og skjelte meg ut med ord jeg aldri hadde hørt. Men såpass oppfattet jeg at jeg bare kunne go to hell, dra til helvete, og leave me alone, la meg være i fred.

Det var også da at jeg endelig i min usigelige naivitet fikk innblikk i pillemisbruket. At Rachel brukte de små grønne eller gule for å få sove, og at hun hadde andre som gjorde henne sprudlende våken hele dagen.

Juanita og Hugo eide en liten villa omgitt av en hage med store trær utenfor byen. Hele området var preget av barns lek og en grillplass murt opp av Hugo personlig ikke langt fra kjøkkeninngangen. Inne var det lunt og varmt med kraftige farger som ikke ville ha passet sammen for en dekoratør, med leker strødd omkring. Selv liker jeg å ha det ryddig rundt meg. Noen ganger har jeg til og med blitt beskyldt for å være pedantisk, men der og da følte jeg det som en lise å komme til et hjem som var bebodd.

Juanita og jeg fant hverandre fra første stund. Hun merket at jeg koste meg hos dem, og for henne føltes det godt å være sammen med noen som snakket hennes språk.

Ved å lese i katalogen hvor alle mine oppgaver for de kommende ukene var skrevet, sto det at dagen etter var avsatt til innkjøp sammen med Rachel. Hun ringte meg tidlig en morgen.

«Dette er vår dag, Liz», sa hun opprømt. «Nå skal vi ut og handle inn alt du trenger på ferden, men først vil jeg se hva du har i kofferten din. Hva som kan brukes og hva som bør kastes.»

«Kastes!» tenkte jeg iltert, men innså øyeblikkelig at jeg ikke kunne drasse rundt med gamle klær som jeg ikke ville få bruk for.

Sammen inspiserte vi min medbrakte garderobe, men jeg følte meg ikke støtt da Rachel kritisk gransket plagg etter plagg og forkastet halvparten mens hun fortalte meg hvorfor jeg ville trenge det, men ikke det andre som The Companys fremtidige Latin-Amerikas skjønnhetsambassadør.

Det med ambassadør var det hun som fant på. En idiotisk betegnelse syntes jeg da, men som viste seg å være svært nyttig da det ble brukt i pressen før mine ankomster til landene jeg besøkte. Fordelen var at folk som kom for å hente meg fikk komme helt bort til flyet og deretter ta seg av bagasjen etter som den kom seilende på båndet, og jeg kunne vandre sorgløst gjennom passkontrollen til den ventende bilen.

Vi dro til Saks på Fifth Aveny, den gang regnet som det ultimate hva klær angikk. Rachel slo seg ned på en stol, tente en sigarett og ba om et askebeger. Hun hadde med seg en liste over hva jeg kom til å trenge og begynte å kommandere. Damen som betjente oss skjønte nok at her var det storveis salg på gang og løp som et pisket skinn. Sikkert også fordi Rachel innbød til fryktinngytende respekt. At hun forandret væremåte når hun hadde med underordnede å gjøre, fikk jeg syn for sagn for da vi et par dager senere besøkte de forskjellige utsalgene i byen. Da var hun streng og beint fram arrogant, forlangende og pirket på den minste ting som ikke var helt etter hennes smak. En ny side av henne som jeg ikke hadde opplevd.

Nok om det. Foreløpig spiller jeg mannekeng. Ettersom Rachel befalte tok damen fram det ene antrekket etter det andre. Uten at vi hadde diskutert det, visste Rachel nøyaktig hva jeg ville like selv om det ikke falt sammen med hennes stil, mer moteriktig og i sterke farger. Jeg på min side var mer konservativ. Plagg med enkelt snitt og helst i ensfarget passet meg best. Ikke en eneste gang var vi uenige om valget som til syvende og sist alltid var mitt.

Enormiteten av det hele, utvalget av drakter og bluser, kjoler og kåper til enhver anledning gikk opp for meg da jeg så haugen på disken.

«Alt dette skulle jeg drasse på!»

Jeg trakk et lettelsens sukk og mente vi var ferdige da Rachel forkynte til avdelingslederen som var kommet til at hun helst så at sko, hatter, vesker og hansker ble bragt til oss.

Hun følte ikke for å forflytte seg. Det var bare å gå gjennom antrekkene og finne passende farger. Sko nummer 37. Hansker small.

«Rachel», sa jeg. «Jeg har brukt hatt kun én gang i mitt liv, til overhøringen før konfirmasjonen, og jeg nekter å utsette meg for det én gang til.»

«Det står skrevet i The Companys policy», svarte Rachel, «at kvinnelige representanter skal bære hatt og hansker ved ankomster, så det må du i hvert fall finne deg i.»

Jeg ga meg når det gjaldt hatter. Noen var faktisk ganske flatterende, det må innrømmes.

Det var først da vi kom til valg av sko at vi kranglet. Jeg hater å gå på høye hæler. Jeg hadde hatt det problemet i Paris som mannekeng da det ble forlangt at jeg skulle skride uanfektet fram over catwalken 12 cm over bakken, men for meg som en full mann i badedrakt.

Denne gangen måtte Rachel gi seg. Det står ingenting i vedtektene om høyden på hæler og jeg slapp unna med flate eller halvhøye.

Endelig fant Rachel det for godt å forflytte seg, det vil si oss. Vi måtte ned i bagasjeavdelingen hvor jeg omgående falt for et sett av hvite Samsonite. Seks i alt. Det ville passe sammen med min følgesvenn som jeg ikke hadde til hensikt å gi slipp på.

Hvor mye utstyret mitt hadde kostet bekymret meg ikke. Jeg var blitt en viktig person som det var verdt å bruke penger på, og jeg skulle ikke skuffe.

Etter å ha spandert representasjonskontolunsj på Rachel skilte vi lag. Det føltes merkelig å kunne bruke andres penger på eget initiativ når man mente at det var nyttig i arbeidsøyemed, slik det er sto skrevet. Og at Rachel oppfylte begge begrepene var jeg ikke et øyeblikk i tvil om.

Rachel kapret en taxi og jeg tok beina fatt. Ennå hadde jeg ikke hatt anledning til å se meg om i byen, og nå hadde jeg flere timer foran meg til å gjøre akkurat det jeg ville.

Det er nesten umulig å gå seg vill i New York med avenyene nord-syd, gatene på tvers og Broadway som en slange gjennom det hele, men jeg klarte det ...

Den første halvtimen var tankene mine mest opptatt av alt det nye som var i ferd med å hende og hva fremtiden ville bringe, men så plutselig fikk jeg en knugende fornemmelse av å være innestengt. Jeg så opp og oppdaget at jeg var omgitt av ruvende skyskrapere på alle kanter hvor tusenvis av mennesker hadde sitt arbeide hver dag, som flittige maur i en stor tue.

At det fikk meg til å tenke på hva som kunne hende her hvis New York skulle få samme behandling som Hiroshima, var ikke så rart for det var ikke mer enn 15 år siden. For mitt indre øye ser jeg for meg Hiroshima en klar, vakker morgen i august. Dagen har nettopp begynt. Barna er på skolen, de voksne driver med sine daglige gjøremål. Plutselig høres duren av et fly langt der oppe. Folk på gaten stirrer nysgjerrig opp. Hva de ser er et blått lys som raskt forvandler seg til en glødende ildkule, og etter få sekunder bryter dommedag løs. Apokalyptiske visjoner som ikke en gang Johannes kunne forestille seg i sine vanvittige åpenbaringer.

Min fantasi har stort sett vært til glede for meg, men at det skulle gå troll i tanker om enn ikke i ord fikk jeg oppleve 40 år senere da USA for første gang ble rammet på egen jord.

Med disse dystre tankene vandret jeg taktfullt videre. Det var så vidt jeg har la merke til en anemisk sol som forsøkte å trenge seg gjennom skyene. Det var surt og gråkaldt og vinden kom i harde kast, men det var godt å gå raskt på lykke og fromme gate opp og gate ned hvor alt mer eller mindre lignet hverandre inntil jeg plutselig oppdaget at jeg befant meg i en helt annen bydel. Langs de triste gatene sto stygge, falleferdige hus, og på fortauene sto overfylte søppeldunker. Menneskenes mørke ansikter var lukket og øynene sløve. Over det hele lå en atmosfære av elendighet og råskap. Jeg følte øynene som fulgte meg …, og hatet. Jeg ble redd. Aldri, ikke en gang i slummen ved floden i Asunción når jeg dro på leting etter sønnen min som hadde skulket skolen for å dra på brygga for å fiske, hadde jeg følt noe tilsvarende. Aldri hadde det forekommet meg at verken han eller jeg var i fare. Tvert imot. Når de så meg var det kun vennlige ord og forekommenhet. Gutten min hadde spist middag hos Juan, Pedro eller Octavio, og hvis jeg følte for en matbit, var jeg hjertelig velkommen. Ofte takket jeg ja, inntil jeg måte slepe min egenrådige sønn tilbake til hjemmet.

Gang på gang var jeg innkalt til skolen av den hyggelige jesuittprioren som forsikret meg om at min sønn hadde et usedvanlig lyst hode, men at han var umulig å temme. Det han likte lærte han omgående, det han ikke likte ga han blaffen i og forsvant! Han snakket, skrev og leste spansk uten vanskeligheter og var en mester i matematikk. Egentlig var han allerede trespråklig med fransk hjemme, spansk på skolen og guarani, folkets språk, blant kameratene

Nok en digresjon, fellen jeg faller i når jeg forteller og bildene strømmer på. Tilbake til julen i New York og uhyggen jeg følte. Jeg tok meg sammen, forsøkte å tenke logisk mens jeg lette etter gatenummer, himmelretningen ved hjelp av solen. Omsider kom jeg på rett kjøl og hastet tilbake til 'sivilisasjonen'.

Nå hadde jeg kun ett ønske, opprørt som jeg var. Krype inn i mitt lune hi på hotellet. Ta en lang og deilig dusj, bestille et eller annet for å spise på rommet og begynne på den nye krimboken jeg hadde kjøpt.

Men nei! Mens jeg var borte, hadde rommet forvandlet seg til et lagerrom som måtte ryddes. Jeg sorterte sommer og vintertøy, finkjoler og arbeidsantrekk, det vil si enklere kjoler og drakter, og i en koffert puttet jeg sko, vesker og hatter. Noe senere måtte jeg forandre på systemet da jeg trengte mer finstas til TV. Men stort sett virket ordningen bra. Jeg visste hvor jeg hadde saker og ting.

Da jeg ble primadonna assoluta etter intense reklame-
kampanjer som International Makeup Artist, skjønnhets-
ambassadør eller Marketing Director, ble jeg jo ofte plassert oppå
bagasjen med bena i kors à la Marlene på pianoet for å
fotograferes. Det var slik journalistene ville se meg. Det var slik
de hadde fått beskjed om å se meg.

Det gikk et par timer før jeg fikk noenlunde orden på alt mitt
nyervervede Habengut, men ikke mer enn at jeg fremdeles fikk
tid til en omelett, men ikke til å lese i den nye boken som jeg
sovnet fra. Jeg ville forsøke å sove nok til dagen som ventet og
møtet med The Head, toppsjefen for The Company.

Det var ikke langt fra hotellet hvor jeg bodde til The
Companys hovedkvarter. Jeg valgte å gå i stedet for å ta drosje.
Typisk norsk det at vi liker å bruke beina selv når vi har gratis
skyss.

The Company, stod det skrevet med gullbokstaver på fasaden
av marmor. Med søyler og brede trappetrinn opp fra fortauet
minnet bygningen om et gresk tempel. Hallen var buet, hvit og
kjølig. Innenfor døren sto en bevæpnet vakt ved heisene, en gutt
i pasjeuniform, og bak resepsjonsskranken to superlekre unge
damer som levende utgaver av The Companys reklameplakater.

«Jeg har en avtale med det Mr. Meyer», opplyste jeg.

«Deres navn …?» Jeg sa det. Hun tittet ned i boken sin, og sa
så: «De er ventet klokken elleve.»

Et blikk på klokken sa meg at den var et par minutter på.

«Miss Skogen er her», annonserte hun over telefonen, og med
et lite nikk og en elegant gest vinket hun meg i retning heisene.
Døren til heisen lukket seg lydløst bak meg, og før jeg var klar
over at den hadde satt seg i bevegelse, var vi framme i 20. etasje.

Nå kom jeg inn i et mottakelsesrom hvor også alt var hvitt, en
tro kopi av Rachels stue, bare ti ganger forstørret. Nok en
strømlinjeformet skapning, platinablond, iført stramt
ettersittende svart kjole kom imot meg med et stort smil. Hun tok

meg i hånden, sa navnet sitt som jeg ikke oppfattet noe av og førte meg bort til døren til det aller helligste.

«Miss Skogen er her.»

Med så mange dikkedarer rundt møtet som skulle finne sted forventet jeg nok å treffe en ruvende, fryktinngytende skikkelse, men mannen som reiste seg fra skrivebordet for å komme meg i møte så ganske alminnelig ut.

Det var første gang, men ikke den siste at jeg stod ansikt til ansikt med The Head, Saul Benjamin Mayer, Chief Executive, President og innehaver av aksjemajoriteten i det som den gang var verdens største kosmetikkonsern. En av USAs rikeste menn som også hadde store interesser i våpen og whisky. Altså virket han intetsigende ved første blikk. Litt mindre enn meg og med gråsprengt hår. Det var først da han satte øynene sine rett inn i mine, knallblå og bydende, at jeg merket viljen og kraften som bodde i ham.

Han holdt stolen fram for meg rett ovenfor sitt eget skrivebord etter å ha håndhilst, og bedyret at det var en stor glede å endelig treffe meg. (Endelig, tenkte jeg, altså hadde også han, den mektige mannen, fulgt med på hva jeg hadde utrettet i Paraguay. En bitte liten demonstrasjonsdame i et bitte lite land hadde vakt hans oppmerksomhet).

Mr. Meyer pratet om løst og fast, om byen jeg senere ville få anledning til å bli bedre kjent med og om været som ikke hadde vist seg fra sin beste side, og beklaget at han dessverre kun snakket amerikansk. Faktisk følte han seg litt flau over å sitte sammen med en young lady som behersket så mange språk!

«Men så er det altså engelsk som er ditt svake punkt!» la han plutselig til.

«Var», korrigerte jeg. «Jeg har lært mye sammen med Rachel.» Jeg fortalte ham om bøkene jeg hadde lest og som hadde vært til stor nytte fordi jeg hadde vært så interessert i innholdet.

«Og ellers?»

«Jeg lærte kolossalt mye av Rachel», sa jeg sannferdig. «Hun var en fantastisk læremester for meg. Hva kosmetikk angår kan og vet hun alt, og vi arbeidet fra morgen til kveld.»

«Det gleder meg at alt gikk bra.» Jeg forstod at han hadde vært bekymret for Rachels drikkevaner. Big brother fra øverste sjikt.

«Hugo har fortalt meg at du har et godt hode for tall.»

Jeg, godt hode for tall? Det eneste jeg kunne, var og er, god gammeldags hoderegning. Så mye har du, så mye bruker du og så mye har du igjen! Så enkelt er det. Unødvendig å være noe matematisk geni for å skjønne det.

«Hvis jeg forstår deg rett, føler du deg altså vel i vår Big, happy family …!»

Jeg nikket bekreftende. Alt var såre vel. Fra nå av var jeg medlem i storfamilien, konsernet som skulle sluke meg og alt jeg hadde å gi i årene som fulgte. Vi holdt sammen, sikre, overlegne og til dels arrogante så lenge resultatene, det vil si salgskurven, gikk oppover. Stod den på stedet hvil eller pekte nedover ble vi behandlet med en optimistisk medlidenhet inntil den snudde seg. Hvis den ikke gjorde det, og det ganske raskt, var det over og ut uansett hvor høyt på strå man var. Vi var som brikker på et sjakkbrett, avhengige av hverandre eller var som misjonærer som telte dollar i stedet for omvendte sjeler.

Den svartkledde kom inn med kaffe. The Head satte seg godt tilbake i stolen og bød meg en sigarett. Jeg sa at jeg foretrakk en av mine egne og fant en i vesken mens han tente en sigar.

«Er det ren tobakk du røyker …?» spurte han og gren på nesen.

«Hvor ren den er vet jeg ikke, men det er den jeg er vant til.»

«Fra Paraguay, ja. Du gjorde en utrolig jobb der. Først trodde vi du bløffet både når det gjaldt salget og dine påfunn ellers, men etter å ha sjekket med eksportavdelingen fulgte vi dine daglige rapporter med spenning. Tror du du kan klare det samme i andre land?»

«Hvorfor ikke», svarte jeg ubeskjedent. «Paraguay var ubrutt mark, og situasjonen vil vel bli omtrent den samme i de nye landene jeg skal besøke?»

«Stort sett, ja. Men du må være forberedt på å finne konkurrenter på noen steder hvor Arden og Rubinstein allerede har gjort sitt inntog.» Det var nytt for meg, men jeg lot som ingenting.

Mr. Meyer så på klokken og reiste seg. Møtet var over.

«Jeg er sikker på at du vil gjøre ditt beste», sa han da han fulgte meg til døren.

«Lykke til!» Og så, som grepet ut av en plutselig innskytelse spurte han om vi skulle spise middag sammen neste kveld.

«Med glede», svarte jeg begeistret. Men så begynte mitt innebygde alarmsystem å pipe forsiktig, og jeg spurte om hvor mange vi skulle bli og hvor vi skulle hen.

«Vi blir mange», svarte han og lo. «Vi skal få en hyggelig kveld.»

Vi viste seg å være Sidney, Hugo og Mr. Meyer med sine respektive koner, og Rachel.

Stedet var en berømt restaurant/nattklubb hvor kjendiser av ymse slag kom for å se og bli sett.

Da jeg ankom i taxi til nøyaktig klokkeslett etter minst en time på å dolle meg opp, stod verten og resten av selskapet og ventet på meg i vestibylen. Jeg ble hilst med klem og kyss på kinnet av folk jeg aldri hadde sett før og som bedyret at de var overlykkelige over å bli kjent med meg, og så toget vi inn.

Først gikk The Head som betalte seg innover med sedler i hendene på hovmestere og kelnere som tiltalte ham ved navn og som forsikret at det var en ære uten like og se ham der. Vi andre fulgte som en komet. Mr. Meyer nikket og vinket til høyre og venstre, og omsider var vi framme ved et rundt bord ved siden av dansegulvet hvor restaurantsjefen og flere kelnere kappedes om å dra ut stolene for at vi skulle sette oss. Og så per omgående som troll av eske kom kjellermesteren med en magnumflaske champagne fulgt av en ung gutt i smoking med en bøtte med is. At selveste sjefen for drikkevarene personlig kom bærende med kjempeflasken kom naturligvis av at den var av utsøkt årgang eller noe lignende.

«Piper-Heidsieck 1947», sa han stolt. Den er tatt rett fra kjelleren og bør være passe kald.»

«Mange takk, John», sa Mr. Meyer. «Den er sikkert perfekt kjenner jeg deg rett.» John fiklet med korken og skjenket i glassene, og seremonien rundt flasken var overstått. Vi skålte for hverandres sunnhet, og nok en gang ble jeg fortalt hvilken stor glede det var for alle å treffe meg.

Fra første stund overtok fruene til Sid og Sam samtalen. Sids kone hadde blått hår og pratet i vei om alle sine vanskeligheter med sin hund eller katt Whoopy og barna, og ikke minst hushjelpen Anna Maria som var doven og udugelig, og gartneren Arturo som var likedan. Ikke noe annet å forvente da de var meksikanere begge to!

Jeg skottet bort på Juanita og Hugo som ikke lot seg merke med noe, og fra Sid kom det ikke en pip. Hvordan kunne han sitte rolig å høre på slikt vås uten å reagere ...?

Fru Sam hadde hvitt år og var bestrødd med steiner på størrelse med Koh-i-Noordiamanten. Hver gang hun beveget seg blafret hun opp som en blitslampe. Som fru Sid pratet hun i det vide og det brede om seg og sitt. Huset og tjenerskapet ble utbrodert og analysert. Hver liten tanke som rørte seg i det vakre, nyfriserte hodet ble beskrevet i detalj og vi andre fulgte høflige ned ┬ smilende, samtykkende. Selv de høye sjefene som bestemte over tusenvis av mennesker over hele kloden lot påfuglene kakle i vei.

Senere så jeg igjen disse kvinnene og om ikke akkurat disse to så akkurat maken, støpt i samme form. Da var de enker med mer penger enn de noen gang ville klare å bruke opp, på jakt etter nytt blod og en ny vår på De vestindiske øyer.

Av Juanita, Hugos hustru, husker jeg kun et par store, svarte øyne i et blekt ansikt, stum og vakker som en spansk madonna. Rachel sa heller ikke stort. Hun var dame til fingerspissene og nippet kun forsiktig til glasset. Jeg følte med henne da jeg visste at det hun mest av alt ønsket seg var en durabelig støyt whisky.

Den ene retten etter den andre kom på bordet. Jeg nøt hver munnfull av de utsøkte delikatessene. Det var lenge siden jeg hadde spist gåselever og hummer. Borte ved inngangen la jeg merke til to karer som betraktet gjestene med granskende blikk. Den ene bar på et fotoapparat, den andre en notisblokk som han noterte på. Sakte begynte de å bevege seg mellom bordene, stanset, pratet litt og knipset bilder.

«God kveld, Mr. Mayer!» Nå var de hos oss.

«God kveld!» Mr. Meyer smilte opp til dem og nevnte begge ved navn. «Hyggelig å se dere.»

«Feirer dere en bestemt anledning?» spurte han med papir og blyant.

Jo visst gjorde vi det! Anledningen var en ung dames snarlige avreise til Sør-Amerika, hvor hun skulle snu opp ned på vanlig markedsføring. Mr. Meyer (som jeg selv i dag ikke klarer å kalle Sam) pekte bort på meg.

Jeg merket at jeg rødmet. Forventningene til min ringe person begynte å gå over stokk og stein. Hvordan i all verden skulle jeg klare å leve opp til dem …?

Så var det spørsmål til meg om hvordan jeg likte New York og om jeg gledet meg til oppgaven, noe det bare var å svare yes yes på, og deretter var det knips, knips.

Dagen etter var det et bilde av The Head og meg i avisens sladrespalte. Han med armen faderlig rundt skuldrene på sitt nye funn som smilte fåret. Jeg følte meg uhyre smigret. Mer skulle det ikke til!

Lysene ble dimmet. En sanger i hvit dress og vest med sølvpaljetter kom fram i lyskjeglen og kurret inn i mikrofonen. Søvndyssende sirupsøtt. Den eneste av herrene som våget seg ut på dansegulvet var Hugo. Først med sin kone og deretter med meg.

«Kjeder du deg?» hvisket han inn i øret mitt. Han kjente meg godt nok etter alle kveldene sammen med ham og Juanita til å vite at jeg kan være både morsom og underholdende slik det sies når jeg hygger meg.

Jeg nikket bekreftende.

Det kan likegodt innrømmes først som sist; min kjedsommelighetsterskel er altfor lav.

Da vi kom tilbake til bordet hadde damene skiftet tema. Nå var det plager og sykdommer som var på tapetet. Hvilke symptomer man burde være på vakt overfor og hvilke spesialister, fysioterapeuter og massører man burde oppsøke ved de forskjellige anledninger. Begge hadde sine dramatiske historier å fortelle. Jeg fulgte med og takket skjebnen som hadde gitt meg en god helse. Endelig meddelte fru Sam at hun ville hjem (jeg må jo passe på å få min skjønnhetssøvn, ha ha!) For første gang følte jeg sympati for henne.

Herrene reiste seg øyeblikkelig. Like lettet som Rachel, Juanita og meg over at kvelden var over. Med forsikringer om hvor hyggelig det hadde vært å gjøre hverandres bekjentskap og for en festlig kveld det hadde vært, forlot vi hverandre.

Damene så jeg aldri igjen og savnet dem ikke. Juanita og Hugo besøkte jeg hver gang jeg var tilbake i New York. Sidney og jeg skulle møtes ofte i framtiden. Rachel og jeg var kun sammen én gang til, og det var den siste gangen jeg så henne.

To av dagene før jeg skulle dra av sted, før den siste helgen, var avsatt til fotografering. Bilder som skulle brukes i reklameøyemed. Jeg troppet opp til avtalt tid og sted.

Håret hadde jeg vasket kvelden før og satt opp i ruller. Det falt akkurat som jeg ville i en lett, naturlig pasje, og jeg hadde vært forsiktig med sminken. På meg hadde jeg en enkel svart genser, delvis utringet og hadde tatt med en skjortebluse for alle tilfellers skyld.

Først ble jeg plassert på en krakk. Deretter skulle jeg stå rolig, smile, le eller være alvorlig, vandrende rundt omkring. Så kom en vind blåsende fra et apparat på gulvet. Min fine morgenfrisyre ble ødelagt, og jeg forsøkte å holde den på plass med begge hendene.

Da seansen var over sa fotografen at jeg kunne bli en fabelaktig mannekeng hvis jeg var villig til å slanke meg et par kilo.

«Aldri i verden», sa jeg bestemt. Det styret hadde jeg vært borti før.

«Det er synd for du er usedvanlig fotogen», sa han. Da jeg fikk kopi av bildene et par dager etter måtte jeg innrømme at han hadde rett. Jeg tok meg adskillig bedre ut på fotografiene enn i virkeligheten. I årene som fulgte ble det tatt mange flere, men som regel valgte avisredaksjonene ett av de første når du fikk tilsendt bilder og min CV som blant annet fortalte om min nordiske herkomst, mine sminkeferdigheter (som jeg hadde lært av Rachel, men som jeg aldri fikk bruk for) og min enorme språkkunnskaper som var blitt til sju språk (dansk og svensk i beregnet).

Det var blitt fredag da Rachel ringte meg.

«Du skal ikke reise før mandag kveld», sa hun. «Kunne du tenke deg å bli med til hytta mi? Vi drar i kveld og kommer hjem søndag kveld, så du vil ha tid nok.»

At Rachel leide en hytte hadde hun aldri fortalt meg, men jeg så for meg et sted langt ute på landet med trær og frisk luft.

Da bilen fra Hertz kjørte opp foran hotellet, stod jeg ferdig med mitt pikkpakk og ventet. Rachel eide ikke bil, alt for mye trøbbel i en by hvor man aldri finner en parkeringsplass. Det var først da vi stoppet foran hennes leilighet at hun overtok rattet.

Det var en av de vidunderlige vinterdagene når luften er mild og solen later som om er det vår. Rachel virket sprudlende glad den morgenen. Hun kjørte støtt og sikkert og skravlet i vei.

Etter et par timers kjøring tok hun av fra hovedveien og inn på en smal sidevei, og like etter svingte hun inn på en skogsvei omgitt av trær og buskas. På en lysning i skogen lå hytta. At den en gang i tiden hadde vært grønnmalt, syntes fremdeles, men nå bar den preg av mangel på vedlikehold.

Vi vasset gjennom det høye, frostsvidde gresset og Rachel fant fram nøkkelen. Mugglukten slo imot oss og vi skyndet oss å åpne skoddene for å få inn frisk luft. Synet som møtte meg da lyset sivet inn var nedslående. For meg var en hytte en hytte, enkel og grei, men det jeg så var et rom overfylt av gamle møbler. Et sammensurium av trøtte sofaer, høygravide lenestoler hvor mange av fjærene hadde funnet veien ut og andre kun ventet på et siste puff, lave bord dekket av støv som ikke klarte å skjule brennmerker etter sigaretter og ringer etter glass.

Overalt var det puter strødd omkring, i alle størrelser og fasonger. Som resten bar de preg av tidens tann. Det som en gang hadde vært friske farger var falmet og de hadde hull og rifter. Gardinene hang i laser stive av skitt.

«Er det ikke et fantastisk sted?» sa Rachel og slo overgivent ut med armene. Jeg hadde ikke hjerte til å si at jeg syntes det var grusomt og unngikk sannheten ved å si at det var et fint sted hvor vi kunne tilbringe et par rolige dager vekk fra storbyens larm.

Etter en del plunder klarte vi å åpne døren ut til den vindskjeve verandaen og slo oss ned på hver vår vaklevorne pinnestol. Utsikten var heller ikke noe å skryte av. Noen meter brunt gress foran hytta og tett skog rundt omkring. Litt nifst og truende falt det meg inn, men der og da skinte solen rett ned på oss. Det var deilig å sitte der og bare nyte stillheten.

Etter en stund gikk jeg inn for å finne fram et eller annet til lunsj. Rachel hadde informert meg om at hun hadde kjøpt inn alt vi ville trenge av mat.

For ikke å trette leseren skal jeg ikke gå inn på i hvilken tilstand jeg fant kjøkkenet. Nok å si at selv om jeg ikke er pirkete hva rengjøring angår, noen påstår tvert imot, bestemt jeg meg for at skulle jeg lage mer mat der måtte jeg gjøre rent først. Men først etter middagshvilen.

I all hast slang jeg sammen en omelett og brakte to porsjoner ut på verandaen sammen med ferskt brød. Rachel spiste med god appetitt og skrøt av maten. Hun var glad som ei lerke. Jeg stod og skrubbet og vasket på kjøkkenet da hun kom inn – ikke den Rachel jeg hadde forlatt noen timer før, men et menneske som var sur og sint. Formiddagens eufori var som blåst bort.

«Har du sovet godt?» spurte jeg uskyldig, vel vitende om at hun ikke hadde lagt seg en gang. Gangen var stiv og blikket like så.

«Dette er altfor kjedelig», slurvet Rachel. «Jeg vil lage selskap for vennene mine.» Det var jeg, ikke vi.

Jeg hadde jo håpet på en rolig helg, forsvarte jeg meg. Jeg visste at om det kom gjester til gårds var det jeg som måtte ta meg av maten uten at akkurat det var meg imot. Det var ståket jeg fryktet.

«Never mind, Shiksa, jeg skal ta meg av alt.» Hun dro fram blokk og blyant og begynte å ringe rundt mens hun bladde i telefonkatalogen. Så vidt jeg kunne skjønne ville det bli mange av oss, og tiden ble fastslått til tolvtiden neste dag.

Det at det fantes telefon som virket i hytta pluss en telefonkatalog, skulle jeg snart bli meget takknemlig for.

Aller nådigst ble jeg tatt med på råd angående maten som skulle serveres. En ny liste ble skrevet og Rachel dro av sted for å handle. Jeg hadde lyst til å be henne om ikke å kjøre i den tilstanden hun var i, men visste samtidig at det ikke ville være til noen nytte når hun var i det lunet.

Turen hadde gjort Rachel godt. Hun var nesten edru da hun kom tilbake og spredte innkjøpene utover kjøkkenbenken. Det var poteter og salathoder, oppskåret kjøtt og dusinvis av små poser med dipp av ymse slag og sauser til vilt, fisk, kjøtt eller jeg vet ikke hva. Jeg leste på pakkene og min forundring var stor. Riktignok hadde jeg sett disse posene på hyllene hvor jeg handlet da jeg hadde husholdet for Rachel og meg, men uten å bry meg om dem. Nå fikk jeg vite at ved å tilsette vann eller melk til et pulver ville jeg få akkurat det jeg trengte. En fabelaktig oppfinnelse.

Etter å ha spist en pakke løksuppe gikk jeg til sengs med en krimroman jeg hadde funnet, mens Rachel holdt på med sitt. Jeg hørte at hun gikk frem og tilbake i rommet ved siden av i det jeg sovnet. Det som vekket meg neste dag var at Rachel skrek og ropte i telefonen.

«Du må komme! Hvem faen tror du du er for å behandle meg slik?» Deretter kom en lang tirade som jeg ikke forsto noe av, men avslutningen var klar:

«Du har å innfinne deg, ellers ...» Mer mumling og hun slang på røret.

Da jeg kom inn i stuen, så jeg at Rachel var meget oppskaket. Hun skalv nå over hele seg. Uten å nevne hva jeg hadde overhørt, forsvant jeg ut på kjøkkenet for å lage i stand maten. Som det matmennesket jeg er, og til tross for den lite hyggelige stemningen, må jeg fortelle hva lunsjbuffeen bestod av. En stor kjøttgryte med diverse grønnsaker, den største bollen jeg fant med potetsalat og andre forskjellige salater i det jeg hadde funnet av servise. På de medtatte små bordene i stuen satte jeg fram dipper i skåler og en hel masse småtterier fra posene (blant annet mitt første møte med potetchips som snadder). Drikkevarer behøvde jeg ikke å bekymre meg for. Rachel hadde kjøpt kartonger med vin, brennevin og øl. Riktignok var de fremdeles uåpnet, men jeg regnet med at alt Rachel hadde satt fram da vi kom ville holde for en stund.

Klokken nærmet seg tolv, og jeg gikk inn til meg selv for å skifte til noe mer selskapelig. Mens jeg fløy fram og tilbake og styrte og ordnet hadde Rachel sittet hensunket i en stol med sitt glass. Ikke ett ord var blitt vekslet, men nå brast det for meg.

«Du må finne noe annet å ha på deg, du kan ikke vise deg sånn.» Jeg så på hennes flekkete, irrgrønne langbukser og skjorten som var så trang at hun ikke hadde klart å kneppe den skikkelig igjen.

«Hvorfor det? Nå skal jeg bare være blant venner. Unødvendig å stase seg opp.» I et glimt så jeg Rachel slik hun hadde åpenbart seg for meg på flyplassen første gangen jeg så henne. Sammenligningen var tragisk.

Det var en broket forsamling som samlet seg etter hvert. Selv om dette var lenge før hippiebevegelsen for alvor gjorde sitt inntog, var den første gjengen iført flagrende, glorete kjortler, og alle, kvinner som menn, var langhårete. Rachel kom ut av sin tilstand av halvkoma, kysset og klemte og førte dem til flaskebordet hvor sennepsglassene stod og ventet på å bli fylt. Det ble ropt på is, men det hadde vi ikke. Kjøleskapet var i uorden.

Kort tid etter ankom en ny gruppe mennesker som så mer normale ut. Damene var kledd i klær som passet til en søndagslunsj på landet, og herrene hadde på seg fritidsdresser. Kun én skilte seg ut med sin kanarigule dress og sløyfe rundt halsen. Kunstner, tenkte jeg. Og da jeg så hvordan Rachel fulgte ham med øynene, skjønte jeg at det var han. Mannen som var blitt overhøvlet og truet om natten.

Fra min krok på kjøkkenet var det ingen som la merke til meg. I fred og ro kunne jeg betrakte skuespillet som utfoldet seg foran mine øyne.

Glassene fyltes på nytt og på nytt. Desibelene steg til en øredøvende kakofoni sammensatt av latter, skrik og skrål. Den ville rockemusikken fra Rachels grammofon blandet seg med klirringen fra flasker og glass. Alle røykte, og etter hvert la det seg en rar og ukjent lukt over rommet.

Etter en stund forlot jeg kjøkkenet for å menge meg med gjestene. En mann kom bort til meg og bød meg en 'reefer'. Han skulle rulle en for meg.

«Nei takk», sa jeg tvert. Selv naiv og dum som jeg var, hadde det gått opp for meg at det som ble røykt ikke var vanlige sigaretter.

«Hvorfor ikke», fortsatte mannen. «Den vil gi deg slik en herlig følelse. Du bare flyter omkring og gir blaffen i alt.» Det var den siste beskrivelsen som gjorde utslaget, tror jeg. Jeg er ingen helgen, intet prektig menneske, men ville gjerne følge med på hva som foregår med begge beina på jorda. Jeg vil ganske enkelt være meg selv.

Flere timer senere. Jeg jakter på Rachel som står i dyp samtale med den kyllingkledde. Hun gråter, jeg tar fatt i armen hennes. Jeg hadde nettopp revet meg løs fra en bedugget mannsperson som forsikret meg om at mine lepper var de vakreste i verden.

«Rachel!» Hun vører meg ikke. «Rachel, nå må du si til gjestene at maten er servert!»

«Det gir jeg faen i.» Hun viftet hånden min vekk som en plagsom flue. Jeg roper ut at nå er det mat å få på kjøkkenet, men noen kø blir det ikke. Jeg kunne ha grått bitre tårer da jeg senere samlet sammen tallerkenene hvor halvparten av maten lå urørt sammen med servietter og sigarettstumper i en uappetittlig smørje. Matens hellighet er inngrodd i meg. Det var ikke lenge siden jeg hadde vært for fattig til å spise kjøtt.

Jeg var rasende for å si det mildt da jeg tok fatt på oppvasken. Det ville roe meg ned. Det er jo sagt at man ikke skal la solen gå ned over sin vrede. Rachel hadde jeg gitt opp. Hun var ikke tilsnakkelig, hinsides all fornuft.

Etter å ha kastet ut et par som lå og elsket på sengen min, låste jeg døren som heldigvis hadde nøkkel og sovnet fra hele spetakkelet. Det er en evne jeg har arvet fra mine forfedre. Det å kunne sovne når som helst og hvor som helst i hvilken som helst situasjon. En nådegave som jeg har hatt mye glede av.

Det siste jeg så av Rachel før jeg sa takk for meg var at hun fremdeles sto ved siden av den gulkledde og strigråt og hadde vanskelig for å stå oppreist.

Neste morgen var Rachel død.

Jeg fant henne på baderommet hvor hun lå sammenkrøpet som et foster med hodet mellom dusjen og klosettet. Hun så fredelig ut der hun lå. Ikke et øyeblikk var jeg i tvil om at hun var død selv om øynene var lukket. Allikevel knelte jeg ned og tok pulsen hennes, men hjertet slo ikke lenger.

Det å finne et menneske som livet har forlatt er en opprivende hendelse. Men når jeg nå forsøker å fortelle sannheten så godt det lar seg gjøre må jeg innrømme at jeg verken ble grepet av redsel eller panikk. Ikke en gang en overveldende sorg. Kun tristhet.

Kanskje hadde min underbevissthet forberedt meg på at en tragedie var i vente. Eller var det min mor som hadde rett når hun straffet meg da jeg var liten fordi jeg hadde 'gjort noe galt' og ikke fikk meg til å gråte? «Du er kald og beinhard», sa hun da.

Stuen så ut som en slagmark etter nattens orgier. Jeg åpnet dører og vinduer på vidt gap før jeg begynte å bla i telefonkatalogen. Jeg ringte til Mr. Meyer og til Sid og Hugo. Hos Hugo svarte det ikke, men hushjelpene hos de to andre kunne fortelle at herskapet henholdsvis var på Bermuda og i Florida.

Så ringte jeg til politiet hvilket jeg naturligvis skulle ha begynt med. Selvmord er jo også en politisak.

Mens jeg ventet på øvrigheten vasket jeg glass, tømte askebeger og tørket bord (noe måtte jeg jo gjøre) mens tankene surret rundt og rundt. Plutselig falt det meg inn at kanskje var det ikke selvmord, men mord. Kanskje den gulkledde var blitt så lei gnålingen hennes at han hadde puttet en ekstra dose piller i glasset hennes, full som hun var! Som siste utvei på en uutholdelig situasjon …?

Da to politimenn og en ambulanse ankom åstedet og stanset med hvinende bremser akkurat som krim på TV, fortalte jeg kun om Rachel og selskapet kvelden og dagen forut. Sannheten tro kunne jeg ikke fortelle noe som helst om de tilstedeværende. Min mistanke om mannen i den gule dressen holdt jeg for meg selv. Forklaringen min ble skrevet ned. Ingen så ut til å mistenke meg for noen kriminell handling. Jeg kunne dra tilbake til New York, men fikk beskjed om ikke å forlate landet før etterforskningen var avsluttet.

Det var først da hun ble båret ut at gråten tok meg. Jeg så henne for meg i sin fineste stas i all sin glans på flyplassen, i operaen, på restauranten sammen med The Head og de kaklende kvinnene i det for meg kjedsommelige partyet. Det eneste som var igjen under et hvitt laken var en fot med rødlakkerte negler som stakk fram hvor det kunne skimtes en grønn bukse.

Hvordan jeg som ikke hadde kjørt bil på mange år klarte å kjøre inn i byen og parkere foran El Delmonico som ligger på Fifth Aveny kan jeg bare takke min skytsengel for. Uten henne til å vise meg veien hadde jeg rotet meg bort. (Jeg vet at engler vanligvis er hankjønn, men min personlige er kvinne).

På nytt tok jeg fatt i telefonen. Da Hugo svarte, var jeg uhyre lettet. Han lovte meg å bringe nyheten videre og spurte om han skulle komme til meg, om jeg trengte noen å være sammen med, eller om jeg kanskje burde ta en taxi og komme ut til dem. Jeg takket for omsorgen, men forsikret ham om at jeg helst ville være for meg selv.

Avdødes hjem lå et par kvartaler fra synagogen som drosjen kjørte forbi for å bringe meg dit. Et hjemmekoselig hus i rød murstein med eføy som klatret oppover veggene. En svart kvinne åpnet døren. Ansiktet hennes var hovent av gråt.

«De er i dagligstuen», sa hun og tok kåpen min. Jeg la merke til at speilet i entreen var dekket med et laken og at de få bildene som hang der var snudd med forsiden inn mot veggen.

Rommet jeg ble ført inn i var fullt av mennesker som snakket stille sammen. Sofaer og lenestoler var skjøvet til side og de sørgende satt på benker eller rette stoler. Det falt meg inn at når man sørget skulle man kanskje sitte så ubekvemt som mulig. Det er mulig jeg tar feil, for jødenes skikker var og er ukjente for meg. Rachel hadde fortalt meg en del. At de ikke hadde lov til å spise svinekjøtt eller skalldyr. At tallerkener som skulle brukes til melkeprodukter og mat med blod i måtte holdes adskilt. Selv fulgte hun ingen av reglene så langt jeg kan huske. En annen ting hun også fortalte, et sympatisk trekk for meg, var at jødene ikke driver misjonsvirksomhet. Tvert imot sier Talmud, de hellige lover, at rabbineren skal advare mot konvertering fordi det er så vanskelig å være jøde både som individ og folk. Jeg kan ikke underskrive på riktigheten av dette, men som datter av en rabbiner må Rachel ha visst hva hun snakket om. Jeg stod ved døren og forundret meg over mennenes kalotter (som jeg den gang ville ha kalt Per Gynt-luer) og enda mer over de mystiske svartkledde med hatter og hengekrøller, da en herre kom opp til meg.

«Jeg er rabbiner Swartzbaum, Rachels far, og jeg antar at du var min datters gode venninne». Jeg nikket og sa at jeg var 'sorry' uten å finne noe mer passende for anledningen.

«Ach, ach», den gamle sukket tungt og tviholdt på hånden min mens han fortsatte å snakke. «Da vet du jo at hun var en god datter, ikke sant?»

«Ja, det vet jeg», løy jeg. Hun snakket ofte om sine foreldre. (Den eneste gangen Rachel hadde nevnt dem var den første gangen vi spiste sammen på den italienske restauranten).

«Det var livet selv hun ikke mestret», sa den gamle mannen mest til seg selv mens tårene trillet nedover kinnene hans.

Jeg fant meg en plass på en av benkene og bare satt der og ventet på at noe skulle hende, men ingenting hendte. Etter det som føltes som mange timer kom Sidney og Hugo bort til meg. Jeg hadde dratt kjensel på dem på en av de fremste benkene. Hugo, uten kalott, sa at han skulle kjøre meg tilbake til Manhattan. Sid, med kalott, sa at jeg kunne reise dagen etter uten at noe i mitt reiseprogram ville bli forstyrret. Hva politiet angikk var det ordnet, og jeg slapp å overvære begravelsen. Alt ble fortalt meg kort og bestemt uten et medfølende ord etter de traumatiske hendelsene jeg nettopp hadde vært igjennom. Nå var det business som vanlig. Først og fremst og alltid.

På veien tilbake fortalte Hugo meg at politiets konklusjon lød på selvmord påført av en overdose med narkotika. Ellers ble det ikke vekslet mange ord selv om vi begge kunne hatt mye å snakke om. Men da måtte vi ha hatt mer tid foran oss.

Da han satte meg av foran hotellet, sa han at han skulle komme og hente meg klokken seks neste morgen. En ny billett lå og ventet på meg på flyplassen. Aldri sluttet jeg å forundre meg over The Companys effektivitet til minste detalj.

Dermed ble jeg kastet rett ut i det ukjente nok en gang. Første stopp var Jamaica.

JAMAICA

Så langt øyet rakk var det bare blått. Himmel og hav gikk i ett. Og under meg nede i dypet under den blanke overflaten lå en fantomarmada av skip, restene av utallige skipbrudd gjennom tidene. Minnene om menneskenes eventyrlyst og griskhet. Spanske tykkmagete gallioner fylt til randen med gull og sølv fra Mexico, engelske pirater utsendt med dronning Elizabeths velsignelse for å skaffe penger til hennes tomme statskasse og Simon Bolivar, opprørerens folk på jakt etter flyktende spanjoler. Der lå handelsskuter, skammens skip, med sin sørgelige last. Mennesker som var blitt solgt for en håndfull glassperler stuet sammen i mørke, stinkende lasterom som skjeer i en skuff, bakpart mot mage, for å bli losset av i Kingston og Havanna, New Orléans og San Juan. Og to båter fra andre verdenskrig.

Utallige ganger var det Karibiske hav blitt formørket av svart røyk fra hundrevis av kanoner. Dagen var blitt forvandlet til natt, og blod hadde farget havet rødt.

I dag er de grønne øyene, de hvite strendene, det lunkne krystallklare vannet et paradis for millionærer, de styrtrikes lekeplass.

Men jeg var tross alt heldig. Jeg fikk oppleve De vestindiske øyer som Columbus kalte dem (som kjent tok han feil av kontinentet og trodde han hadde havnet i India) før masseturismen tok over for fullt. Fremdeles var det mye igjen av den opprinnelige sjarmen.

Da jeg igjen besøkte øya 20 år senere var de vennlige, glade menneskene forvandlet til et folk av kremmere som kun tenkte i dollar. Ikke at det er noe spesielt fenomen for Jamaica. Mange ganger har jeg opplevd det samme. Hvordan menneskene forandrer seg og mister sin identitet når de finner ut at deres kultur og egenart kan selges for penger.

Flyet mitt gled sakte ned over palmetopper, og jeg var i Kingston. I min store bok av A4-ark stod det skrevet i grove trekk hva som var forventet av meg i de forskjellige land og hvor lenge jeg skulle bli der før jeg dro av sted til neste. Om Jamaica ble det fortalt at jeg ikke ville få noe å gjøre med importøren selv, kun med selgeren – foreløpig den eneste. Storlanseringen av våre produkter ville finne sted på Issas, Kingstons stormagasin hvor jeg skulle være til stede noen timer. Deretter skulle jeg hver dag vurdere og eventuelt ansette flere selgere og demonstrasjonsdamer om jeg mente det var nødvendig. Videre skulle jeg holde foredrag for alle butikkdamene i parfymeriet i byen, uansett om de hadde våre produkter eller ikke, for å fortelle dem om hvilke fabelaktige egenskaper våre produkter var i besittelse av. Og alt dette på engelsk!

Hadde det ikke vært for Vernon, selgeren som tok seg av alt, og hans kone Monica som hjalp ham, hadde jeg aldri klart det.

Det var et usedvanlig par som ventet på meg. Han, en mann midt i 30-årene. Kortvokst og firskåren med tynt, lyst hår og blå øyne. Hun mørkhudet, høy og smekker med fine ansiktstrekk. En skjønnhet av de sjeldne.

Begge to kom til å bety mye for meg i de tre ukene som fulgte. Som gode venner og som dyktige medarbeidere. Jeg trengte sårt begge deler.

Stemningen i bilen var anspent. Vi var like nervøse alle tre. Vernon satt foran, Monica og jeg bak. Ikke før hadde vi satt oss før Monica dro fram en haug med papirer, maskinskrevne ark, hvor min timetabell var satt opp for tre uker, dag for dag, nøyaktig og organisert uten å miste ett minutt.

«Men resten av denne dagen har jeg altså fri?» Jeg så spørrende på Monica.

«Ja», svarte Monica. «Resten av dagen er din.» Hun tittet ned på arket.

«Vernon kommer og henter deg i morgen klokken åtte. Jeg har skrevet ned alt.»

Hotellet jeg skulle bo på var ikke et hotell i vanlig forstand slik jeg forestilte meg det den gangen. Lobbyen var stor og luftig, og utenfor rundt svømmebassenget og så langt jeg kunne se var det små hytter med veranda.

Jeg skrev meg inn samtidig som jeg forsøkte å holde øye med bagasjen som ble fraktet av sted.

«Vernon og jeg har tenkt», sa Monica «at hvis du føler for det vil vi gjerne ha deg med hjem til oss til aftens, i all enkelhet.» Om jeg ville!

«Tusen takk, Monica. Ingenting bedre enn det.»

Bungalowen de bodde i så beskjeden ut fra forsiden hvor vi parkerte, men da vi kom inn i stuen og gikk ut på verandaen var det som å befinne seg i en tropisk jungel. En papegøye hilste oss velkommen, og mange små lyskastere var rettet mot planter og trær. Og et vell av klatrende blomster.

«Dette er overveldende vakkert», sa jeg til Monica og sank ned i en fluktstol. Hun brakte meg en drink og en til seg selv mens Vernon var opptatt på kjøkkenet.

Det ville ha blitt en perfekt kveld om ikke noen hadde banket på døren. Uventet og uten forvarsel kom de kraftige dunkene som ødela stemningen der vi satt og småpratet om alt mulig unntatt business og hygget oss i hverandres selskap. Vernon og Monica så forskrekket på hverandre. Hun gikk ut for å se etter hvem det var. Og Sidney Bernstein, Vice President i The Company og øverstkommanderende for Latin-Amerika og Karibia kom brusende inn ...

«Så det er her du er.» Han stilte seg sint foran meg. «Jeg har vært på hotellet for å besøke deg.»

«Som du ser er jeg her sammen med Vernon og Monica», svarte jeg kort uten å reise meg. Jeg var irritert over den ubehøvlede måten han oppførte seg på.

«Men kanskje du ikke kjenner dem?» Nei, han gjorde ikke det. Forklarte nå pent og høflig at sist han hadde vært på disse kanter hadde han ikke hatt tid til å treffe venner, og hilste på dem begge.

Om Sid ikke kjente dem så visste i hvert fall Vernon og Monica meget godt hvem han var. Utallige bilder av den store mannen sammen med skriv av ymse slag hadde funnet veien til Vernons skrivebord.

Vernon bød Sidney på en whisky som han forlangte med melk! Monica kom løpende med mappen hun hadde vist meg i drosjen. Den hvor all min gjøren og laden for de kommende ukene var skrevet ned. Sid feide den vekk med en trett gest og sa at han var overbevist om at alt var under kontroll og at Vernon hadde gjort en god jobb. Ikke en eneste gang henvendte han seg til Monica, og jeg kom til å tenke på at hun heller ikke var nevnt som medarbeider i forhåndsomtalen av personer jeg skulle samarbeide med.

I et lynglimt forsto jeg at det at Vernon var gift med en mørkhudet var upopulært for et konsern i et land hvor apartheid regjerte. Det fikk meg til å tenke på Rachel som skiftet navn for å stå fram som en annen enn den hun var. For de høye herrer med penger nok i toppsjiktet var det mindre viktig selv om det fremdeles var mange klubber i USA hvor jøder ikke kunne få medlemskap. Men jødene på sin side, som nå var mine arbeidsgivere, så med ublide øyne på blandet ekteskap med folk av en annen hudfarge.

Jeg kunne se at Monica og Vernon var vettskremte. Det hører med til historien at når en person høyt på strå skulle besøke landet ble man informert god tid i forveien for å forberede ankomsten med rød løper og journalister på plass. Rene diktaturet!

Klokken nærmet seg ti. Sidney nippet til sin melkewhisky og fortalte Vernon at han helt tilfeldigvis var på gjennomreise, og at han skulle videre dagen etter. Han gjentok at han følte at Jamaica var i gode hender.

Jeg på min side krøp dovent ut av liggestolen og forkynte at jeg måtte hjem for å pakke ut og forberede meg til morgendagen. Sid var øyeøyeblikkelig på beina.

«Jeg skal kjøre deg, bilen venter utenfor.»

Sid var kjent for å være arrogant og utålelig. Rachel hadde fortalt meg det, og nå hadde jeg fått syn for sagn. Alle de mange hundre menneskene som arbeidet for The Company i det veldige området hvor han regjerte som eneveldig hersker var redde for hans sarkasme og det perfekte til minste, pirkete detalj. Han var ganske enkelt fryktet og mislikt av folk på grasrota, men importørene behandlet han med silkehansker og smiger for å få dem dit han ville. Men mot meg var han alltid elskverdig. Faktisk overstrømmende hyggelig, selv når han gang på gang måtte tilgi mine store og små tabber, og jeg tross alt fikk min vilje igjennom når det gjaldt nye måter å arbeide på fordi det som regel viste seg at jeg hadde rett.

Det var på veien tilbake til hotellet at jeg møtte Sids andre jeg. En mann full av sjarm og vidd, morsom og selvironisk. Som kvinner flest har jeg et godt øye til vakre menn, og Sidney hørte til blant de fremste i så henseende. Han var høy og slank med tykt mørkt hår gredd tilbake fra pannen slik jeg likte det. Og alltid uklanderlig antrukket i hvit skjorte og mørk dress.

Da vi kom til bungalowen min lurte han på om jeg ikke ville invitere ham inn på en «nightcap».

«Beklager», sa jeg. «I morgen er det atter en dag. Jeg må pakke ut og vaske håret.» Det å pakke ut og vaske håret ville bli en livsstil. Men det var bare halve sannheten. Sid var fristende, og jeg visste at det med «gjennomreise» bare var tull. Det var meg han hadde kommet for å treffe. Samtidig så jeg for meg hans vakre om enn sytende hustru og barna jeg hadde hørt så mye om forrige kvelden som allerede syntes meg så langt tilbake og hans feighet med å forsvare Hugo og Juanita. Men det som gjorde utslaget for meg i de sekundene jeg vaklet, var at det ville være dumt å blande «business and pleasure».

Det var en riktig beslutning fra min side. Sidney og jeg fortsatte å være gode venner uten mer spørsmål og «nightcaps» når vi møttes ved nattetider.

Ingen Sidney var i syne da Vernon kom og hentet meg neste dag. Han ville vise meg utstillingen han og Monica hadde laget i vinduene til stormagasinet. Men noen visning i egentlig forstand ble det ikke. Det eneste jeg kunne beundre var Miss Skogens fjes, øverste delen av et fotografi i helfigur som ble dekket av folk som sto i kø rundt hele bygningen.

«Herregud Vernon», sa jeg forskrekket. «Hvordan i all verden skal jeg kunne hanskes med så mange mennesker …? Har du varer nok? Hvem skal ta seg av salgene …?»

«Ta det med knusende ro», sa Vernon, «jeg har varer nok, og Monica har trent opp butikkpersonalet for å bistå deg når det gjelder salg. Du behøver ikke å bekymre deg.»

Men naturlig nok ble jeg bekymret da Vernon fortalte meg et par dager etter at nå var lageret tømt. Ikke så mye som en leppestift var igjen. På to dager var det som tilsvarte to års omsetning på hele øya forsvunnet i Issas.

«Så det er vel ingen vits i at du viser deg i forretningen», sa Vernon molefonken.

«Joda», mente jeg, «vi fortsetter som bestemt, det at vi mangler varer er jo egentlig god reklame. Jeg skal legge makeup på Monica for å vise kundene hvordan man gjør det og etterpå på de av dem som melder seg frivillig til samme behandling. Imens kan Monica skrive ut makeup- og hudpleieoppskrifter.»

Først hadde jeg tenkt å bruke mitt gamle triks som hadde gitt gode resultater og samlet folk i Paraguay. En dramatisk forestilling hvor jeg sto på en kasse foran et lite speil og klasket The Companys hudkrem i fjeset (uten sammenligning verdens beste!) for å vise publikum hvordan jeg egentlig så ut for deretter steg for steg å forvandle den lite appetittlige grimme ellingen til en svane. Når jeg gjorde dette (min egen oppfinnelse!), dro jeg håret tilbake i en topp og satte på meg briller som jeg ikke trengte når jeg la på liner og falske øyenvipper. Med brillene ytterst på nesen, det sier seg selv. Når jeg var fornøyd med resultatet, la jeg vekk brillene og lot håret falle, og resultatet var upåklagelig.

For mange av mine medsøstre vil det jeg nå har fortalt fremstå som rent tøv, beint fram nedverdigende. Men jeg hadde øvd meg i mange timer på å gjennomføre denne forestillingen og prate i et sett og legge sminke samtidig. Forsøk selv! Er man i beit for å tjene penger nok til å overleve tar man det som byr seg og bruker sine evner og fantasi så langt det rekker.

Men nå var situasjonen annerledes. Jeg var i svarte menneskers land. Det var ikke ofte jeg så et hvitt ansikt blant kvinnene som samlet seg rundt oss. Jeg bestemte meg derfor for å bruke Monica som modell. Det ville gi meg anledning til å prate litt fornuft inn i hodene på disse vakre skapningene med fine trekk og hud fra gyldenbrunt til svart. Farger som vi nordboere bare kan drømme om, men som de på liv og død forsøker å gjøre lys ved hjelp av sterke preparater, noe ansiktene deres ofte bar preg av i form av stygge, skjemmende flekker.

Dusinvis av fjes ble gransket for å bestemme hudtyper og ditto oppskrifter på hva de burde bruke mens vi oppfordret kundene til å vente med å kjøpe inntil The Company sine varer igjen var å få tak i. At det ble gjort, viste salgskurven i de kommende måneder.

Fra da av fikk jeg nemlig tilsendt kopier av all korrespondanse som angikk mine land og kunne følge med i hva som hendte overalt. Det er ikke til å fornekte at brevbunkene ble vel store etter hvert som jeg fór fram, men jeg likte å være orientert.

Om øya manglet våre fortreffelige produkter så hadde jeg nok av andre oppgaver å henge fingrene i. Mange nye parfymerier søkte om å få føre våre varer. Fra Kingston og deretter over fjellene til Montagu Bay sammen med Vernon (som tok av seg skoene og kjørte barbent) var fremgangsmåten den samme. Før vi innfant oss hadde vi vurdert mulighetene for salg. Hvor mange mennesker som bodde i omegnen, hvilken klasse de tilhørte. Det vil si, fantes det folk som hadde penger til overs når de hadde kjøpt inn helt livsnødvendige ting, eller ikke.

Om dette høres kynisk ut så er det fremgangsmåten i alle firmaer fra General Motors til produsenter av sjokoladepudding. Salg er salg uansett, enten det gjelder spiker eller nattkremer.

Det fantes ingen datamaskin den gang hvor man bare kunne trykke på en knapp for å få alle nødvendige opplysninger. Men den fabelaktige Vernon hadde alle tallene klare.

Det gjenstod altså å besøke de utvalgte forretningene og deres innehavere. Alltid var vi hyggelige og forekommende, men våre krav var beinharde. Vår største fiende i butikker som gjorde det bra var Helena Rubinstein som hadde sneket seg inn før oss. Fillejenta! Vekk med henne. Våre selgere skulle besøke butikkene hver fjortende dag og ta tilbake usolgte varer og erstatte dem med nye. Våre demodamer skulle besøke dem en gang i måneden. Vi skulle fortsette med reklame i radio og aviser. Til slutt oppga vi tallet over hvor mye de måtte selge for å få av The Companys produkter. De fleste var enige. Kun noen få forholdt seg trofaste til sine gamle venninne Helena. Lojalitet ovenfor et merke er som overalt ellers viktig i denne bransjen. Men ville de ha oss måtte all innsatsvilje fra forretningens side kun dreie seg om oss. Aller nådigst fikk de lov til å beholde andre serier i hyllene, men de måtte da på nederste plass. En viktig sak som jeg har glemt å nevne: Forhandlerne måtte forplikte seg til å sende butikkpersonalet på én ukes kurs i Kingston for å lære alt om våre produkter.

Alt dette pluss prøver av produktene, flotte plakater og utstillingsmontre ville bli sendt. Gratis. Fra oss, det vil si The Company.

Jeg var ansvarlig overfor The Company når det gjaldt pengeforbruk på reklame og fremtidige løft og tok en telefon til Hugo for å forhøre meg.

«Alt i orden fra vår side,» sa Hugo. «Men du har vel snakket med importøren om hans innstilling, om han er villig til å gå videre?» Et godt spørsmål. Vernons kasse var tom. Alt han hadde på konto for markedsføring var for lengst oppbrukt. Tiden var inne til å snakke med grossisten som satt på pengene. Etter at vi tømte lageret, ble jeg invitert til middag hos grossisten og hans kone. Hyggelige mennesker, god mat og vin i et vakkert hjem. Dannede mennesker med perfekte manerer og «very, very British». Jeg ble gratulert med det utrolige salget, men sa som sant var at det ikke var min fortjeneste. Det var Vernons og Monicas forarbeide vi kunne takke for det. Etter det ble samtalen behendig ført over på andre emner. Engelskmennene er som kjent verdensmestre i «small talk».

Det kom som himmelsendt da importøren på nytt inviterte meg hjem til seg. Det passet meg bedre enn at jeg måtte be om en samtale for å prate forretninger. Nå spurte jeg bare høflig om Vernon kunne bli med, et ønske det var vanskelig å avslå. Monica nevnte jeg ikke. Da ville jeg ha satt den elskverdige mannen i en kattepine. En betent situasjon jeg ville unngå.

Vernon og jeg brukte mange timer på å regne ut hva det ville koste å ansette flere folk pluss Monica som ikke engang var ansatt, som kun hadde arbeidet for å hjelpe sin mann og en del småting som vi ikke var enige om til å begynne med. Situasjonen var delikat. Vi representerte hver vår side av pengesekken. Han som ansatt av importøren måtte ivareta importørens interesser, og jeg på min side hadde ansvar overfor The Company. Men vi var begge enige om at vi måtte være enige for å få opplegget vel i havn når vi snakket med Vernons sjef.

Jeg var ikke i tvil om at Vernons hjerte banket i høygir da vi presenterte oss foran porten. Vernon hadde aldri vært innenfor murene til sin sjefs private hjem.

Det var da vi satt med kaffen at vi begynte å prate forretninger. Jeg som hadde begynt å bli husvarm følte at tiden var inne. Jeg nikket til Vernon som hadde mappen med seg. Han leste blad for blad om hva han og jeg var blitt enige om. Vår vert lyttet oppmerksomt uten å avbryte. Han virket rett og slett imponert over forhåndsarbeidet vi hadde lagt ned og så ikke ut til å tvile på våre beregninger når det gjaldt forventet salg i fremtiden. Kanskje ikke så rart for denne storkaksen hadde et eksport- og importertimperium som var Jamaicas største hvor noen selgere eller demonstrasjonsdamer fra eller til på lønningslisten spilte liten rolle. Men naturligvis måtte investeringene lønne seg på lang sikt. Han var jo forretningsmann.

Alt så ut til å være vel i havn da vi skålte og gratulerte hverandre med en strålende fremtid, men jeg visste at ikke alt var helt unnagjort. Spørsmålet om Monica. Forsiktig, forsiktig begynte jeg å snakke om henne og hennes innsats i forbindelse med «the big promotion».

«Forstår jeg deg slik at du mener at hun skal bli en del av min stab?» Han var ikke så blid lenger.

«Ikke bare det», jeg hoppet ut i det med hjertet i halsen. «Jeg mener at hun er kvalifisert for en sjefsstilling. Hun har et godt hode, er nøyaktig og flink til å organisere, samtidig som hun har et godt lag med mennesker og kjenner The Companys produkter ut og inn.

«Beklager å måtte si deg imot», sa min motstander. «Du har ingen begreper om hvordan situasjonen er hos oss. Du er ny her.»

Om jeg hadde! På de få dagene jeg hadde vært på øya hadde jeg forstått det. Stemningen begynte å bli iskald. Men jeg fortsatte ufortrødent. Hadde helt glemt hvor mye som sto på spill på grunn av en svart jente som jeg mente hadde mye å tilføre The Company.

«Vi har begge parter et felles mål», sa jeg så rolig som mulig. «Det å få opp salget. Og etter mitt syn ville det være en fordel å ha en farget jente blant oss, en som kan sine ting. Så vidt jeg har kunnet konstatere er omkring 90 % av våre kunder mørke, noe som får meg til å tro at de vil føle seg mer vel ved å bli betjent av en av sine egne.»

Forstå meg rett. Jeg hadde ingen planer om å bli en menneskerettsforkjemper. Jeg mente nøyaktig hva jeg har gjengitt i min lille forsvarstale. Å få med Monica var i vår felles interesse. Jeg kjente henne og hadde sett hva hun var god for.

At den mektige mannen ga seg på det punktet tok jeg som en stor seier. Jeg kan bare beklage overfor den uinteresserte leser at jeg pratet så mye om markedsføring og budsjetter, men dette ble en viktig del av jobben min.

En dag jeg var sliten beskyldte jeg Hugo for å stå bak alt ekstraarbeidet han hadde påført meg. Det var han som hadde sagt at jeg var god i regning! Noe jeg aldri har vært eller kommer til å bli. Men selv med vanlig folkeskoleregning, gange, dividere, trekke fra, gjør det ingen forskjell hvor mange nuller en må forholde seg til. Vanlig sunn fornuft forblir den samme.

Fra nå av skal jeg så langt det rekker, med visse unntak, holde meg borte fra emnet. Det og det jeg drev med på Jamaica vil gå igjen i land etter land selv om jeg da ikke vil ha noen Vernon til å hjelpe meg. Hans og Monicas vennskap står som fem stjerner i mine erindringer. Deres vennskap var i begynnelsen av min karriere umåtelig viktig for meg.

Og om det var den gang eller senere at jeg opplevde øya i frigjøringens rus skal ikke være sagt. (Naturligvis kan jeg slå opp i leksikon og finne eksakt dato, men et år fra eller til spiller ingen rolle).

«Of many people, one people. Of many colors, one color.» (Av mange folk, ett folk, av mange farger, én farge.) Ordene slo imot en fra vegger og filmlerreter. Plakatene viste barn som holdt hverandre i hendene og danset i ring. Barn av alle raser, brune, gule, svarte og hvite. «One People, One People …», sang det fra høyttalerne som var satt opp over hele Kingston. Inntrykket var av jublende glede. Ingen redsel, ingen skadefryd mot England.

Det siste jeg må ha med om Jamaica er at jeg fikk oppleve Harry Belafonte i egen person synge Island In The Sun en sen kveld på hotellet. Uforglemmelig.

HAITI

Hvordan folk i The Companys markedsføringsavdeling fant på å sende meg til Haiti er vanskelig å forstå. Jeg kan bare gjette meg til at de så på kartet og fant ut at beliggenheten var gunstig fordi avstanden var kort fra Jamaica. Videre hadde de vel lest seg til at det fantes mellom tre og fire millioner mennesker på øya som ennå ikke hadde sett lyset ved å bruke våre utmerkede produkter, og at det kun fantes én importør/butikkeier til å opplyse folket. Men alt dette uten å ha noen som helst anelse om de virkelige forholdene. Ingen fra firmaet hadde noen gang vært der. Det var jeg som fikk æren av å være den første oppdagelsesreisende.

Da jeg ankom Port-du-Prince var det ingen til å ta imot meg. Jeg fant en bærer til å hjelpe meg med alt styret mitt omgitt av en hærskare mistenksomme øyne og fant en drosje til hotellet som sto angitt i min dagsplan. For øvrig hovedstadens eneste som det gikk an å bo i. Men selv der så det ut som om ingen hadde gjort noe som helst etter at spanjolene forlot øya på slutten av 1700-tallet. I mellomtiden var denne delen av øya som Columbus døpte Santo Domingo overdratt til Frankrike som regjerte til omkring 1844 da landet ble fritt under eget selvstyre. Jeg mener å vite at Haiti var verdens første svarte republikk styrt av sitt eget folk som for det meste besto av etterkommere av slaver fra Afrika.

Så kunne man ikke lenger skylde på koloniherrene. Hundre år hadde de hatt på å vise hva de dugde til, men resultatet var nedslående. (Jeg vil igjen minne om at jeg snakker om førti år tilbake. Kanskje er alt forandret i dag ved hjelp av amerikansk kapital for å bli et ferieparadis.)

Hva jeg så av fordums kultur og glans var etterlevninger etter spanjolene. Rette gater, bygninger som en gang hadde vært staselige, plasser omgitt av trær, og en kirke. Etter franskmennene var det få spor unntatt språket. For meg så det ut som om de hadde utnyttet grøden og ellers latt det skure slik jeg gjorde det.

Selv med den vakre utsikten over havet fra min vaklevorne balkong hvor jeg installerte meg etter middagen (en elendig sak med halvkokt kylling), følte jeg ingen glede. Jeg hadde spurt om det ville være mulig å få varmt vann i dusjen, men det var det ikke, så jeg hadde tatt en kald dusj og tørket meg med et grått, hullete håndkle.

Jeg brygget meg en whisky med vann fra springen i håp om at alkoholen ville drepe bakteriene fra vannet som så litt grumsete ut. Da mørket falt på begynte et svakt, gult lys å blafre i lyspærene som hang i en snor. Hvert øyeblikk ventet jeg på at det skulle forsvinne for godt. Hærskarer av innsekter kom summende mot lyskilden og havnet etter hvert døde eller levende på papirene jeg hadde tatt fram for nok en gang å lese om oppgavene som ble foreslått for min uke på Haiti. Det eneste jeg fant ut var at alt var opp til meg. Hva jeg ville finne ut, og hva som kunne gjøres.

Natten ble mørkeblå, en beskjeden måne kom fram, stjernene kom nærmere, nesten innenfor rekkevidde. Jeg lyttet til bølgenes brus og dump når de slo mot stranden. Men så kom nye lyder inn og brøt stemningen. Uhyggelige, elegiske klager fra dumpe tamtamtrommer og skjærende konkylielyder, frambrakt ved å blåse i dem, vibrerte i natten.

Det var voodooistene som holdt sine sammenkomster. Mitt første møte med svart magi som jeg ikke tok alvorlig nok. En liten forsmak på det som skulle komme, berøre meg personlig, men som jeg ikke kjente igjen før det var for sent og mørkets makter innhentet meg.

I vår såkalte siviliserte verden blir det ofte skilt mellom tro og overtro, noe som for meg er ett fett. Fanatisme i de forskjellige trosretninger finnes over alt og når den blir riktig ille fører den bare til elendighet.

På Haiti trodde folket på kreftene i mørkets makter, og Papa Doc var for dem virkelig Baron Samedi, zombien som gikk igjen på kirkegårdene iført kjole og hvitt med flosshatt på hodet.

«Je suis le drapeau Haitien, uni et indivisible» (jeg er Haitis flagg, samlet og uadskillelig) skrek Francois Duvalier som han egentlig het da han en sjelden gang viste seg. Flagget var rødt for blod, sort for død.

Menneskene fryktet den forhenværende landsbydoktoren som var i besittelse av overjordisk makt. Og de fryktet Tonton Macoute, hans politi. Mennene med bløte filthatter og mørke briller.

Folket fortsatte å henvende seg til sine gamle guder, rettferd og trollmenn som gang på gang beviste hva de var gode eller onde for gjennom magi og seremonier med blodige ofre.

At voodoo er en sterk religion kan jeg skrive under på, men den hadde også skrudd folk og land hundrevis av år tilbake i tid. For ikke å snakke om min markedsføring!

Da jeg vandret av sted tidlig neste morgen ved nitiden var gatene nesten tomme. Når jeg en gang iblant så et menneske og forsøkte å spørre om veien til butikken, ble jeg møtt med et uttrykksløst fjes som stirret på meg før det forsvant inn bak nærmeste dør. Overalt hvor jeg gikk var det søppel og forfall.

Omsider fikk jeg øye på et skilt av tre som annonserte at her holdt «Paul Herboristerie et Cosmetique» til. Forhandler av planter og kosmetikk. I et utstillingsvindu kunne jeg så vidt skimte keramikkpotter og glasskrukker med tørkede planter under støvlaget. Miss Skogen, International Makeup Artist glimret med sitt fravær. Ikke bare bildet, men heller ikke en aldri så liten notis om at damen som hadde reist så langt skulle beære forretningen med sin tilstedeværelse.

Med tanke på Jamaica og oppstyret der kunne jeg ikke annet enn å le, og jeg var fremdeles lattermild da jeg skjøv tilbake perleforhenget foran døren og bjellen over døren kimet. En eldre mann kom ut fra bakrommet. En pen kar iført hvit nyvasket og nystrøket tropedress med kritthvite krøller over det kullsvarte ansiktet. En stor motsetning til interiøret.

«Så der er du», sa han uten innledning. «Jeg har fått brev om din ankomst, men trenger deg ikke.» (Når jeg her bruker du-formen klinger det falskt i mine ører fordi alle språk i mine områder brukte høflighetsformen De før man ble godt kjent. Kun et forsøk på å være konsekvent.)

«Hvorfor skrev du ikke tilbake om at jeg var uønsket ...?»

«Hvorfor skulle jeg det? Jeg har aldri bedt om noe besøk.»

«Men så har du vel også fått tilsendt varer ...?»

«Om jeg har! Flere kartonger står uåpnet på bakrommet.»

«Så bør vi vel sende dem tilbake hvis du ikke trenger dem?»

«Naturligvis, det gleder meg at du ser det slik.» Ut fra en skuff dro han en bunke regninger fra The Company og viste meg den, øyensynlig lettet over ikke å bli krevd for varer han ikke ville ha. Vi gikk inn på bakrommet hvor kartongene sto oppstilt. Paul var blidere nå mens han klippet ut papirlapper som jeg skrev på og limte over den gamle adressen med retur til The Company, USA.

«Hvordan har det seg at du har kommet i forbindelse med The Company», spurte jeg nysgjerrig.

«Kanskje fordi jeg selger kosmetikk.»

«Hva slags kosmetikk?»

«Urter og greier», svarte han svevende. Hyllene i bakrommet var merket. På potter og krukker stod det skrevet hva innholdet kunne brukes til i negativ eller positiv retning: Kjærlighet, sykdom, liv eller død.

«Så det er dette som er din egentlige business?» spurte jeg og hevet armen opp mot hyllene. Han nikket uten flere kommentarer, og denne gangen tok han meg i hånden da jeg gikk.

«Jeg skal besøke deg på hotellet hvis du ikke har noe imot det», sa han så. Slett ikke, han var velkommen når det skulle være. Nå hadde jeg i hvert fall noe å skrive hjem om. Jeg gledet meg til å ringe Hugo og fortelle om mine viderverdigheter.

Men ennå hadde jeg ikke tenkt å gi meg. Kanskje var ikke Port-au-Prince som resten av landet. Jeg spurte den alltid meget sure mannen bak skranken på hotellet om han kunne skaffe meg en leiebil. Aldeles ikke. Men så plutselig kommer han på at han kjente en, sikkert en venn, som kunne være villig til å ta på seg oppdraget.

Jean, min nye følgesvenn var heldigvis ikke så sur og innesluttet som resten av dem jeg hadde møtt. Vi diskuterte oss fram til prisen for en dagstur og dro av gårde i en gammel bråkete farkost så og si uten fjærer, men Jean forsikret meg om at motoren var i god stand og at hvis den av en eller annen grunn skulle stoppe så visste han nøyaktig hva han skulle foreta seg. Jeg er nemlig mekaniker opplyste han stolt.

Vi kjørte fra landsby til landsby gjennom et vakkert, tropisk landskap og hvor alt så ut til å spire og gro rundt hyttene hvor griser og høns vandret omkring. Men store jorder lå brakke uten kultur av noe slag. Jeg sa til Jean at det var synd å se så mye ubrukt jord i et land som var så fruktbart.

«Det er fordi vi er så fattige», svarte han meg. Voodooen, mørkets krefter som hadde lagt et tett lokk over landet ble ikke nevnt. Det som kanskje mer enn noe annet hadde ført til latskap og total likegyldighet og drukkenskap. For sukkerrør var det mer enn nok av til å lage brennevin, rom som ble konsumert i store mengder til en billig pris.

Ved middagstider stoppet vi foran et spisested, det vil si et bord av planker og ditto krakker, hvor vi spiste den evinnelige kyllingen, godt krydret denne gangen. Jeg ba om en flaske mineralvann uten hell. Jean bestilte et stort glass rom som jeg forsynte meg litt av og skvettet oppi mitt glass med vanlig vann fra brønnen.

I mine forskrifter, sikkert tatt ut av en reisehåndbok, sto det skrevet at jeg ikke måtte spise frukt uten å skrelle den, at jeg ikke måtte spise rå grønnsaker, og at jeg for all del ikke måtte drikke annet enn mineralvann! Dem om det. Jeg gjorde alt jeg var blitt advart mot. Jeg tror nemlig på autovaksine. Det å spise og drikke som landets befolkning uten mere dikkedarer. Om man så får en liten magesjau av alle de nye bakteriene så dør man ikke av det. Etter det kan man glemme alle farene og spise hva det skal være.

Unødvendig å si at for oss, The Company, så jeg ingen lysende framtid. Etter et par timers venting fikk jeg Hugo på tråden. Jeg fortalte ham humoristisk om vår «forhandler» og varene som ville komme urørt tilbake og min tur rundt øya. Han lo med meg, men jeg visste at de skyldige ville få en durabelig overhøvling.

«Så får du ta deg noen dagers ferie», sa Hugo. «Det er vel fortjent etter Jamaica.»

«Ferie høres fint ut, jeg skal benytte meg av stranden og sole meg og bade, men jeg har også andre planer.»

«Hvilke planer …?» På stemmen hans kunne jeg høre at han ikke var blid. Ikke sint på meg som hadde gjort det eneste riktige ved å returnere varene, men fordi en hel kostbar uke var bortkastet. At det snart skulle bli to til uten at jeg eller han kunne gjøre noe med det, kom som en veldig overraskelse. Da av historiske dimensjoner.

«Hvilke planer er det du snakker om?» gjentok han.

«Det er fjernsyn på Jamaica», sa jeg.

«Og hva så …?»

«Det finnes kanskje også i andre land. Det lille jeg fikk sett på Jamaica var bånn i bøtta og sikkert ikke bedre andre steder. Derfor har det falt meg inn å skrive programmer for fjernsynet. Artige og severdige, samtidig som vi fremmer våre interesser.»

«Skriv hva du vil, gjør som du vil.» Fiaskoen på Haiti hadde øyensynlig gått inn på ham for han hørtes ganske oppgitt ut. Det var jo han som til syvende og sist hadde ansvaret for min suksess. Til tross for den sørgelige begynnelsen står oppholdet på Haiti for meg som en fin tid.

Dagene mine gikk som følgende: Etter en god natts søvn i sengen med alle dumpene kom en av småjentene opp til meg med cafe-au-lait. Store mugger med rykende varm melk, kaffe og en bolle til å dyppe i. Ved siden av var det nybakte croissanter. Noe hadde de i hvert fall lært av franskmennene selv om bakverket oste av svinefett og ikke godt smør.

Deretter dro jeg på stranden hvor jeg hadde funnet en liten, rolig vik hvor jeg var i fred og leste en engelsk detektivroman innimellom sol og sjø.

På hjemveien ruslet jeg opp til markedet hvor konene skrek ut sine varer og kjøpte kilovis av frukt både til lunsj og kvelds. Bare tanken på mer kylling tok fra meg matlysten. Fotografen i New York ville ha blitt fornøyd. Jeg ble sylslank.

Etter en kort middagshvil og en kald dusj satt jeg på balkongen og skrev på alt jeg hadde for hånden. Noen ark jeg hadde funnet hos en bokhandler (det var alt han hadde), hotellets brevpapir som jeg tagg meg til, sidene av min egen agenda som jeg ennå ikke hadde brukt og etter hvert alt jeg kunne oppdrive av uskrevet papir.

Jeg var kort sagt inspirert. Om TV visste jeg ingenting. Hadde kun sett det på Jamaica. Ikke en gang i USA. Det eneste jeg hadde vært med på av teater var på min bestefars loft som barn. Men ideene strømmet på. Jeg så det hele for meg og hvordan det kunne gjøres og lot fantasien få fritt utløp.

Hver dag, som befalt, sendte jeg mine daglige rapporter til The Company. I rubrikkene salg, antall kunder og sted førte jeg null komma null og brukte resten av siden til å beskrive mine synopsis for eventuell TV.

Et eksempel: Moren, det vil si jeg, sitter foran et toalettbord som bugner av The Companys produkter mens hun smører kremer og masserer seg i ansiktet. En selskapskledd ung kvinne med skoene i hånden kommer inn.

Dialog:

«Har du hatt det hyggelig, vennen min?»

«Det har vært vidunderlig, mamma. Men nå er jeg så sliten av all dansingen at jeg går direkte til sengs.» Hun gjesper og strekker seg.

«Et øyeblikk.» Mamma er streng i stemmen. «Du må aldri gå og legge deg uten å gjøre rent ansiktet. Porene i huden må puste om natten, skjønner du.» Litt misfornøyd blir datteren plassert på stolen og moren setter i gang med behandlingen mens hun forklarer hva hun gjør og hvorfor og viser frem krukkene og hudvannet i nærbilde.

Datteren sier seg til slutt storfornøyd og lover at hun aldri mer skal glemme å bruke The Companys utmerkede preparater før hun går til ro enten det er kveld eller natt.

Sprøyt opp og sprøyt i mente, men slett ikke verre enn reklamen vi blir fôret med nå til dags.

Av mor-og-dattersketsjene laget jeg tre varianter. Blant annet en hvor den umulige jentungen har klint på seg alt for mye makeup, og mamma viser henne hvordan hun bør gjøre det for å se pen ut, ikke som et fugleskremsel.

Andre ideer som dukket opp i min fantasi var spørrekonkurranser hvor det gjaldt å vite mest mulig om våre produkter, beste makeup, beste sang pluss mye mer.

Jeg beregnet programmene til en halvtime og skrev dem ned adskillig mer utførlig enn jeg har gjort her. Tid hadde jeg nok av, og jeg tror at det var da jeg oppdaget at jeg syntes det var moro å skrive.

Om det fantes andre mennesker enn meg på hotellet vet jeg ikke. Kanskje var det noen selgere som opplevde det samme uføret som meg, men jeg så dem ikke. Jeg hadde det såre godt med meg selv. Monsieur Paul kom aldri og besøkte meg. Koffertene mine hadde stått urørte. Kun den med tropeklær hadde jeg løftet lokket på.

CIUDAD TRUJILLO

Etter å ha blitt forhørt av Tonton Macoute, karene med de sorte hattene og mørke solbriller, og koffertene behørig undersøkt (gudene vet hva de trodde fantes som var verdt å ta med seg!) forlot jeg voodooland og dalte ned på den andre siden av øya kort tid etter.

På flyplassen var det møtt fram en horde av journalister fra presse og radio. Jeg var uforberedt på oppstyret, men tok verdig imot blomstene som ble overrakt meg. Jeg smilte strålende til fotografene og fortalte i mikrofonene som ble stukket opp i fjeset mitt hvor usigelig lykkelig jeg var over å befinne meg i den Dominikanske Republikk hvor jeg skulle være i fjorten dager mens jeg tenkte på at jeg hadde glemt å ta på meg hatt. Stikk i strid med hva jeg hadde fått beskjed om!

Foran i utgangen sto fire såkalte dollarglis og ventet. Strøkne, velpleide gamle biler. Senior Salomon, vår styrtrike importør, kom fram og hilste elskverdig med kyss, kyss på begge kinn, og henviste meg til en åpen Cadillac hvor han og jeg skulle sitte sammen.

«Det var da veldig til mottakelse», sa jeg overveldet.

«Jeg er forretningsmann», sa han. «Og når The Company og verdens største kosmetikkfirma (slik det var den gang) sender meg sin fremste internasjonale makeupartist føler jeg meg forpliktet til å følge opp.» Da vi hadde satt oss tok han hånden min og sa at nå som han kjente meg ville ingenting gå galt. Propagandaapparatet hadde vært i full sving. I flere dager hadde det vært helsides bilder av meg i avisene og kommentarer i nyhetene om dag og klokkeslett for min ankomst. Altså skjønte jeg hvorfor det sto så mange mennesker på veikanten fra flyplassen til byen. De var møtt opp for å se meg …! Señor Salomon dunker meg i siden. Jeg reiste meg opp for å hylle folket, viftet med blomstene og smilte. Flauere enn det går an å beskrive.

Men ingenting så galt at det ikke er godt for noe. Hadde det ikke vært for denne eskorten, à la Kleopatra, hadde jeg ikke fått sett byen i det hele tatt. En stemningsfylt gammel by med brede avenyer i skyggen av plataner, hvite hus bak smijernsgitter. Vakre mennesker, en blanding av spanske conquistadorer og afrikanske slaver. Av den opprinnelige urbefolkningen hadde ingen overlevd. Kvinnene var usigelig vakre, mørke øyne i gyldne ansikter. Hvite tenner, dinglende øredobber og et skaut rundt hodet. Hvite utringede bluser og vippende skjørt som bølget rundt de smekre leggene.

Når en reiser så mye som jeg etter hvert gjorde på den tiden, er det noen ganger vanskelig å huske navnet på hotellet, men Hotell el Embajador står skrevet med ildskrift.

Det var dit vi ankom etter paraden. Verten min var hyggelig selskap. Pratet om landets historie og pekte ut bygninger av interesse. Og som jeg nevnte fikk jeg et godt inntrykk av byen. Da jeg ymtet frampå om at vi kanskje burde snakke litt business, sa han at han hadde satt av morgendagen til det. Slik jeg forsto det var det han selv som personlig ville ta seg av meg. En stor forskjell fra Jamaica. Så la han til at han og hans kone gjerne ville ha meg til middag klokken ni. Han skulle sende en bil for å hente meg. Da han så at jeg stusset over det for meg seine tidspunktet, la han henslengt til at Señora Trujillo, presidentens hustru, hadde ytret ønske om å treffe meg samme kveld. Det hadde å gjøre med en veldedighetsforestilling hun drev og organiserte ... Følte jeg en viss nedlatenhet ...? I hvert fall ville nok en bil, denne gang fra presidentpalasset hente meg klokken atten.

Hotellet var nytt og flott, omgitt av en park med svømmebasseng. Det fantes til og med et kasino. Det ble sagt på den tiden at det var det mest gedigne på øyene i Karibia.

Min suite hadde salong, soverom og et vakkert flislagt bad. Man vender seg raskt til luksus. Først nyter man alt, etter en stund blir det en selvfølge, og når det blir for mye av det gode lengter man etter noe mer hjemlige forhold.

På salongbordet lå det en stor bunke brev sammen med blomster og frukt. Ingen alkohol denne gangen. Ennå hadde jeg tid nok til å sette meg ned og kose meg med min datters brev. Hun skrev til meg hver dag og sendte dagboken én gang i uken slik jeg gjorde. På den måten mistet vi aldri kontakten og fulgte med hverandre nesten fra time til time. Axel derimot, som ikke var noen skribent, og aldri ble det, nøyde seg med å føye til noen ord i søsterens brev. «Jeg har det bare bra og håper det samme for deg. Jeg gleder meg til at du skal komme og hente oss i sommerferien.» (da jeg skrev kontrakten med The Company hadde jeg forbeholdt meg 6 uker i juli-august hvert år for å være sammen med ungene mine og at reisene skulle være på deres regning).

Deretter dro jeg fram blokken med Daily Reports. Fortalte om den fabelaktige ankomsten og Mr. Salomons innsats, det veldige propagandaapparatet som var satt i sving og at jeg skulle besøke Mrs. Trujillo om en time. «Her kommer det til å skje saker og ting», avsluttet jeg med. «Bare vent og se!»

For å være sikker på at mine brev skulle bli sendt samme dag, gikk jeg ned i resepsjonen hvor jeg ble forsikret om at de ville nå siste post ut.

Jeg dusjet og skiftet klær uten helt å vite hva man ifører seg når fruen til et statsoverhode «innbyr til den fornøyelse å gjøre mitt bekjentskap». Kortet på bordet mitt sa det samme som Sr. Salomon hadde fortalt meg.

I Asunción hadde jeg besøkt president Stroessner og frue mange ganger i El Palacio som ikke var noe palass i det hele tatt. Kun en stor villa i strøket hvor ambassadene holdt til. Det hadde seg slik at fru Stroessner hadde valgt meg til sin personlige sminkedame. Intet vanskelig valg da jeg var den eneste hun hadde hørt om. Hver gang hun måtte stase seg opp i embeds medfør, ble jeg tilkalt. Jeg nappet hennes buskete øyenbryn og la på brunkrem, rouge og leppestift. Vi gikk gjennom garderoben for å finne en passende kjole, men hun forble den hun var, en middelaldrende lærerinne fra landet, rund og trivelig, klok med humoristisk sans vel vitende om at hun hadde havnet på en hylle hvor hun ikke ønsket å være.

Og alt gjorde hun for sin mann generalen som hun elsket av hele sitt hjerte. Når man tilbringer mange timer sammen og er på bølgelengde, er det mye som blir fortalt. Ting man kanskje ellers holder for seg selv.

Før jeg løper løpsk med historier om Paraguay som jeg har skrevet om i «Aldri tilbake», vil jeg avslutte med å si at jeg likte dem begge. Generalen og lærerinnen.

Foreløpig sitter jeg i en bil som skal bringe meg til det jeg forventer å være et trivelig palass. Vi stopper foran en høy mur med en liten dør. To karer kommer fram og beføler meg fra topp til tå. Jeg er uskyldig. Ingen våpen. Makeupkofferten min som jeg har tatt med meg for alle tilfellers skyld blir behørig undersøkt. Krukker blir åpnet og luktet på, flasker like dann.

Da jeg omsider ble funnet ren for uhumskheter ble jeg ført opp en allé og inn i en stue hvor alt var av plast som var siste mote. Sofaer, lenestoler skinte lakserødt. Og i en krok sto et TV-apparat. Ah tenkte jeg. Altså er jeg på rett vei med mine fjernsynsfantasier. To damer satt i sofaen. Presidentens hustru og hennes datter, Nena. Jeg husket hva datteren het for jeg hadde hatt en hushjelp i Paraguay som het det samme.

Damene reiste seg, presenterte seg høflig og ba meg ta plass. Señora Trujillo fortalte i korte trekk hva hun ønsket av meg, å være til stede og holde et foredrag for en utvalgt gruppe damer. Med utvalgt gruppe antok jeg hun mente et opplyst, skolert publikum fra samfunnets høyere sjikt, og jeg foreslo å prate om sminkens betydning gjennom tidene. (Takk Rachel, du har lært meg så mye).

Det ble godtatt, men jeg måtte love, absolutt måtte, også å vise hvordan man burde sminke seg i dag for å oppnå et perfekt resultat.

Jeg så at Nena skottet bort på kofferten med det rare i og hvisket sin mor noe i øret. Jeg skjønte hva det gjaldt. Hun lurte på om det gikk an å be meg om å forskjønne henne, men mamma ristet på hodet. En stuepike i svart kjole med blonder på hodet og blonder på maven kom inn med flasker og glass på et sølvbrett. Både jenta og brettet virket malplassert i de heslige omgivelsene.

Så åpnet døren seg og husets og landets herre kom inn.

«Da jeg fikk lese at du er norsk, måtte jeg ta meg tid til å treffe deg.» Kyss på hånden, kyss på begge kinn og før jeg visste ordet av det var han på vei inn i norsk litteratur.

Det var først og fremst Hamsun han var interessert i og som han øyensynlig var ekspert på. Og hva mente så jeg? Den nordnorske naturen, er det slik han beskriver den, og finnes det virkelige mennesker som Isak Sellanrå? Jeg følte meg usigelig dum sammen med en mann som kunne og visste så mye om mitt lands litteratur.

Da vi kom til Henrik Ibsens skuespill, kunne jeg i hvert fall bidra med spørsmålet om hvor det ble av Nora.

«Jeg tror ikke hun kom tilbake», sa jeg.

«Naturligvis gjorde hun det», sa presidenten. «Hvor skulle hun ellers gjøre av seg?» Han så på klokken og reiste seg.

«Dessverre må jeg gå nå. Jeg har et meget viktig møte. Men vi skal sees igjen og fortsette samtalen. Hasta luego, inntil da. Møtet som ventet ham var det viktigste av dem alle, og flere diskusjoner om Ibsen og Hamsun ble det aldri.

Få minutter etter dro jeg tilbake til hotellet. Vestibylen var full av folk som skravlet unisont.

«Hva er det som foregår», spurte jeg resepsjonisten da jeg gikk for å hente nøklene mine.

«Har du ikke hørt det? Presidenten er myrdet.»

«Umulig», sa jeg. «Jeg kommer fra palasset nå og var sammen med ham og hans familie for kort stund siden.»

«Ett øyeblikk, ett øyeblikk. Jeg må tilkalle direktøren. Bli hvor du er!» Direktøren kom, jeg fortalte ham min historie. Han forsikret meg at jeg ikke skulle lide noen overlast, men at dagene framover måtte jeg holde meg på rommet mitt inntil situasjonen ble klarert. Da jeg endelig fikk nøkkelen min og ble eskortert opp til rommet mitt av direktøren, var stemningen i foajeen nærmest panikkartet. En babylonsk forvirring av mange språk.

Jeg fikk beholde nøkkelen, men lovet den overnervøse hotellsjefen på tro og ære at jeg ikke skulle forlate suiten.

Det første jeg gjorde var å kaste meg over telefonen for å snakke med Hugo, men den virket ikke. Natten hadde senket seg over República Dominicana. Den dominikanske republikk hadde stengt enhver forbindelse med resten av verden. Det var unntakstilstand, og folk ble bedt om å holde seg innomhus. Det hørte jeg på min lille reiseradio.

Derfor ble det heller ingenting av middagen hos Señor Salomon som jeg hadde begynt å glede meg til, for jeg var sulten. Det var lenge siden den lille snacksen vi hadde blitt servert på flyet. Heldigvis virket den interne telefonen til romservice, og kort etter ble jeg servert en medium biff på pommes frites, salat og en flaske rødvin som jeg inntok på terrassen.

Jeg sørget litt over den hyggelige mannen som kunne så mye om norsk litteratur, men ikke mer enn at jeg spiste med en god appetitt. Jeg kjente ham jo ikke. Sigaretten til den siste vinslurken var tent da det dunket kraftig på døren.

«Kom inn, den er ulåst», ropte jeg.

Inn kom to karer. Flotte karer med kort sveis, mer europeiske enn søramerikanere kledd i dress, hvit skjorte og slips. Ingen svarte hatter og briller denne gangen. De var høflige og korrekte, men jeg følte at for dem var det ingen kjære mor. Min samvittighet var ren som gull. Ikke hadde jeg drept noen, ikke hadde jeg medvirket til noe diktatormord, men tiden var ikke inne til å flåse. Dette var alvorlig.

Jeg fortalte hvorfor jeg hadde vært i presidentboligen og hva fru Trujillo og jeg hadde diskutert.

«Men el Señior Presidente snakket også med deg før han dro av gårde. Hva snakket dere om?» Da jeg fortalte at vi hadde pratet om norsk litteratur, Hamsun og Ibsen, så de uforstående på hverandre.

«Hvem er de? Driver de med politisk agitasjon …?»

«Langt ifra, de er fra det forrige århundret.» Jeg følte det unødvendig å nevne Hamsuns triste endelikt. «El Señior Presidente var glad i litteratur.»

Alvoret i situasjonen min begynte å gå opp for meg i all sin velde. Utenom familien og livvaktene var jeg den siste som hadde sett presidenten i levende live. De flotte karene som etter hvert ble mer avslappet fortalte meg at presidenten var blitt skutt i sin bil like ved innkjørselen til sitt hjem. Kanskje hadde jeg til og med kjørt forbi ham på veien hjem!

Jeg likte ikke tanken på å bli ført bort i håndjern og havne i en fengselscelle, men ble beroliget. Fra nå av kunne jeg bevege meg på hotellets område, gå fritt omkring inntil ny beskjed.

«Hvor lenge vil det bli …?» ville jeg vite. Det var det ingen av dem som visste.

På mindre enn et par timer hadde landet lukket alle sine skodder, hverken post, telegraf eller telefon virket. Ingen fly fikk lette eller lande. Og jeg var den siste foruten familien og livvaktene som hadde sett diktatoren i levende live!

Jeg er vel det man kan kalle et stå-på-menneske uten at jeg kan berømmes for det. Det er sikkert medfødt og har med gener å gjøre. Det vil si at når jeg kommer opp i vanskelige situasjoner, gjør jeg alt jeg kan for å komme ut av dem, men når jeg ser at løpet er kjørt, at jeg må avfinne meg med det, slår jeg meg til ro mens jeg tenker videre på neste mulighet.

Haiti hadde vært umulig. Det var ingenting å gjøre, og nå hadde jeg havnet i samme situasjon av mer alvorlige grunner. Plutselig var jeg blitt en liten brikke i et storpolitisk spill. Jeg følte det nesten som om jeg var blitt en del av historien!

Men ikke mer enn at da politiet forsvant gikk jeg ut på terrassen, tente en ny røyk og drakk resten av vinen. Dog ikke hele flasken, kun det som var igjen i glasset.

Jeg gikk til køys i dobbeltsengen, men sovnet før jeg kom inn i krimboken jeg holdt på med. Den kjedet meg.

Tidlig neste morgen bestilte jeg alt som sto på frokostmenyen. Da trallen kom trillende inn, var den overfylt med pannekaker og sirup, egg og bacon, ristet brød og hauger med frukt. Skrelt og fristende presentert. Jeg var fange og stolte ikke helt på herrene fra kvelden før. Deres forsikringer virket litt vimsete på meg. Hvis de kom tilbake for å fengsle meg, ville jeg ha nok i magen til å klare meg et par dager.

Men da ingenting hendte, fortsatte jeg med å renskrive TV-programmene og skrev en «roman» til min datter. Det er fra brevene til henne som hun tok vare på at jeg er i stand til å gjenoppleve hva som hendte dag for dag.

Noe klunder med å få tiden til å gå hadde jeg ikke. Det som plaget meg litt, var uvissheten om når jeg kunne dra videre og tanken på landene som ventet på besøk og måtte forandre hele sin timeplan. Det falt meg også inn at Hugo kanskje var litt bekymret for meg etter å ha mottatt min siste Daily Report som etter sigende hadde nådd siste fly. Det var imidlertid grunnløst, for tilbakemeldingen jeg fikk fra The Company da det hele var over, var at det var utmerket reklame, og at pressemeldinger var sendt rundt for å forklare min forsinkelse. Jeg fikk utklipp fra avisene og det var blitt til spennende lesning.

Da jeg var ferdig med fjernsynet og Anne, skrev jeg om absolutt alt jeg kunne finne på som hadde med sminke og skjønnhetspleie å gjøre med tanke på radio, og så fikk jeg en glup ide, å finne nye salgsfremmende tiltak. Det var da jeg fant opp «beauty bar» som først så dagens lys i Guatemala og siden gikk sin seiersgang over verden. Den oppmerksomme leser har sikkert oppdaget at jeg ikke stiller mitt lys under en skjeppe, men rett skal være rett. Oppfinnelsen var min og ble en enorm suksess fra le Printemps i Paris til Harrods i London.

Det ble 14 dagers luksusferie, en tilværelse mange ville ha misunt meg med soling og svømming og utsøkt mat, og som jeg fikk betaling for …!

Hotellet krydde av mannfolk. Mest forretningsmenn fra USA og Tyskland som også hadde husarrest og som i motsetning til meg kjedet seg mens de ventet utålmodig på å reise videre for å selge sine varer.

De første gangene syntes jeg det var hyggelig å slå av en prat og bli spandert på en drink ved svømmebassenget. Et par kvelder var jeg også uforsiktig nok til å ta imot innbydelse til middag. Skam å si, falt det meg også inn at ved å spise gratis hver kveld kunne jeg spare mange US dollar (dagpengene på El Embajador var høye), men selv pengegrisk som jeg begynte å bli var prisen for høy. Med unntakelse av noen turistektepar var jeg den eneste Berthe (et uttrykk jeg har lært av min sønnesønn) som kvalifiserte til fritt vilt. Kanskje var jeg uheldig, men hverken ved svømmebassenget eller i spisesalen var det mulig å komme i kontakt ved en skikkelig samtale. Ikke er jeg mannehater, heller ikke snerpete tror jeg, men når konversasjonen kun dreier seg om «mine vakre øyne», «mitt deilige hår» og ektefellene som «ikke forstår dem», melder jeg pass. Det er sikkert mange av mine medsøstre som har opplevd akkurat det samme og som vet hva jeg snakker om. Det eneste disse dumme gubbene var ute etter var en uforpliktende hyrdestund.

Altså ble det til at jeg holdt meg mest i min flotte suite med streng beskjed til resepsjonen om ikke å sette over noen samtaler. Kun Señor Salomon, for alle tilfelles skyld, og New York, også for alle tilfellers skyld.

Når mørket falt på hersket det en slags fandenivoldsk stemning i etasjene langt under meg. Lydene av korker som smalt fra fine flasker og croupierens stemme fra kasinoet fant veien opp til min rolige terrasse; «Faites vos juex … rien ne va plus …»

Jeg skvatt da telefonen ringte. Min venn i resepsjonen hadde holdt ord hittil. Ja jeg hadde hatt fred.

«Det er en Señior Salomon her nede som kommer for å besøke deg. Kan han komme opp …?»

Mannen som jeg hadde sett to timer, men som virket for lenge siden, omfavnet meg hjertelig. Og jeg var usigelig glad over å se ham.

«Jeg har fått passerseddel for oss begge to», var det første han sa. «Min kone og jeg har vært bekymret for deg, helt alene i et land på randen av borgerkrig og alt det andre du har vært igjennom.»

Altså hadde han klart å holde seg underrettet om min delikate situasjon.

«Imidlertid ser det ut til at du nå er utenfor mistanke», fortsatte han, «og jeg har fått tillatelse til å hente deg så du kan tilbringe noen timer hos oss. Kom igjen før noen ombestemmer seg. Min kone og jeg har en deilig middag som venter.»

Da vi tok heisen ned hadde jeg allerede en klump i halsen av så mye kjærlig omsorg for min person som hadde kostet ham dyrt i arbeid og penger og kun voldte bekymringer. Uten noen som helst nytte for hans forretninger.

Og da han førte meg til en unnselig folkevogn som han kjørte selv ble jeg så beveget at tårene begynte å trille. Jeg så for meg kortesjen av flotte biler med hver sin sjåfør som var kommet for å hente meg, jeg visste at han eide alle sammen, jeg hadde spurt om det, og nå å se ham selv foran rattet i en trang, liten doning gikk meg direkte til hjerterota.

Byen var tom for folk, intet liv var å se i de vanligvis så folksomme gatene. Beboerne hadde forskanset seg bak lukkede vindusskodder. De ventet.

Señora Salomon møtte oss i døren. Hun var rød i fjeset av gråt og kjøkkenroser. Betjeningen var forsvunnet uten at noen visste hvorfor.

«Men de kommer snart tilbake», la Señora Salomon til. Optimistisk.

Da jeg besøkte presidentfruen hadde jeg gledet meg til å se et flott interiør, men som viste seg å være en besteborgerlig stue av plastmøbler. Men hjemmet jeg nå så for første gang, ikke siste, var som å stige inn i et museum av kostbare tepper, ekte bilder av store mestre og antikke møbler fra forskjellige epoker. Samtidig som det var varmt og hyggelig.

Jeg ruslet fram og tilbake og beundret alt det vakre. Señor Salomon serverte drinker foran peisen i dagligstuen hvor han selv hadde tent på før han dro og hentet meg og måtte nå legge på et par kubber.

Fru Salomon løp fram og tilbake mellom kjøkkenet og dagligstuen mens hun drakk sin sherry, men nektet hjelp fra meg da jeg tilbød det.

Vi spiste på kjøkkenet, men på hvit duk med bestikk av sølv, og drakk årgangsvin fra Frankrike i gamle, gedigne krystallglass. Det smakte deilig med hjemmelaget mat igjen, tilberedt av en kokke som ikke var nybegynner i faget.

Vi pratet ikke om den politiske situasjonen i det hele tatt. Jeg forsto at det var et ømtålig tema uten å vite noe som helst. Men da Señora Salomon sa til sin mann: «Hvordan tror du det kommer til å gå med oss, vennen min», trakk han på skuldrene og sa med et smil: «Du bekymrer deg for mye querida, min kjære. Vi kommer til å overleve, det er sikkert, men om det går så galt at alt blir tatt fra oss, kan vi begynne på nytt. Du kan jo fremdeles lage mat», la han humoristisk til og tok hånden hennes.

Jeg hadde ikke hygget meg slik siden kveldene hos Monica og Vernon på Jamaica, samtidig som jeg hadde fått to nye venner som jeg kanskje ikke kommer til å fortelle mer om, selv om jeg kom tilbake mange ganger.

Señor Salomon var «ein Mench» i ordets rette jødiske betydning.

Et par kvelder senere, nesten langt på natt, fikk jeg beskjed om at utreisetillatelse var innvilget og at jeg måtte ta neste fly til Costa Rica tidlig neste morgen slik det sto skrevet på min billett. Hva de folka visste …! Jeg forsøkte å ringe Sr. Salomon for å fortelle at jeg var frigitt, jeg forsøkte å nå The Company, helst Hugo, for å fortelle at jeg var på vei, men kom ikke igjennom.

Grytidlig befant jeg meg på flyplassen med mine hundre kilos overvekt som jeg hittil ikke hadde hatt bruk for og som jeg begynte å bli grundig lei av mens jeg undret meg på hva jeg ville finne i det nye landet.

MANGE LAND, MANGE MENNESKER

Etter å ha tenkt mye fram og tilbake har jeg bestemt meg for ikke å lage noen kronologisk beretning. Først og fremst vil jeg fortelle om mennesker jeg møtte, selv om jeg nødvendigvis iblant må ta med deler av jobben min fordi det ofte hører sammen.

På flyplassen San José var det ingen til å ta imot meg. Alt var stille. Ingen velkomstkomité, ingen journalister. Men jeg visste hvor jeg skulle ta inn. Hvert hotell i hvert land sto skrevet i permen.

«Du er sent ute», sa mannen bak skranken. «Imidlertid har vi holdt av et rom til deg som vi håper du vil ta til takke med, selv om det er lite …», la han til og så bekymret på koffertene som ble båret inn. «Vi skal flytte deg til noe bedre så snart det lar seg gjøre.»

Jeg tok til takke, men da all min ballast var stuet inn var det kun sengen igjen som friareal. Heldigvis sto telefonen på nattbordet.

Jeg skyndet meg å ringe Farmacia Leon, et av apotekene som tilhørte våre forretningsforbindelser.

«Hola, Dette er Vincente Lopez.»

«Buenos dias, Señor Lopez. Her er jeg, direkte ut fra Ciudad Trujillo …»

«Gudskjelov og takk! Vi kommer øyeblikkelig.»

Få minutter senere var vi i resepsjonen. Først tok jeg dem for å være brødre. Middelaldrende menn med blank isse som lignet hverandre på en prikk. De presenterte seg som henholdsvis Vincente og Pablo, begge Lopez. Like vanlig på de kanter av verden som Olsen og Hansen her til lands.

Vi forflyttet oss til baren, og det tok ikke mange minuttene før jeg forsto at brødre var de i hvert fall ikke. Måten de snakket sammen på, blikkene de sendte hverandre sa meg det. Det forstyrret meg litt, men jeg trøstet meg med at nå ville jeg ikke få noe mannfolktrøbbel.

Programmet som ble presentert for meg mellom glass og ølsøl virket godt uttenkt. Homser eller ikke, jeg begynte å like dem begge to, noe som virket gjensidig, og vårt samarbeide ble upåklagelig; for dem, for The Company og for meg.

Det var da vi satt og spiste lunsj at jeg kom til å tenke på at herrene hadde vært elskverdige nok til å gi meg kveldene fri. Men fri var det siste jeg ville ha nå. Jeg ville arbeide og gjøre meg fortjent til alle pengene jeg hadde tjent på å gjøre ingenting.

Altså fortalte jeg om mine vyer for fjernsyn og hva det kunne bety for oss.

Señorene Lopez tente fra første stund. Etter nyhetene på hjemmekanalen var det kun gamle meksikanske filmer. Aldri et direktesendt program med vanlige folk. At det ville fenge, var de ikke i tvil om. De skulle ordne alt, og ordnet ble det. Det var lang kø foran døren til fjernsynsstudioet da jeg for første gang sto fram som programleder på direkte fjernsyn, med to dusin kvinner å holde styr på foran kameraet og resten på stolene for tilskuere.

Til alt hell fantes det nok varer i Costa Rica. Fra The Company fikk jeg telegram med «Keep up the good work. Congratulation» og blomster. Resten av jobben gikk som vanlig, som jeg fortalte fra Jamaica.

Men fortsatt hadde jeg noen kvelder til overs og det var det som gjorde at jeg traff Prinsen. En ekte prins.

Jeg hadde vært i San José noen dager da jeg ruslet oppover mot en høyde bak byen. Det var på den tiden at solen farget fjellene røde og luften var mettet av sanger fra sikader og luften duftet av ville vekster.

På veien hjemover befant jeg meg plutselig foran et bedårende gammelt hus i viktoriansk stil. Umalt og vaklevorent, fornemt tilbaketrukket i et villnis av en hage, men med sjel. «Pension Esmeralda» sto det skrevet på et beskjedent skilt på portstolpen. Et pensjonat ..., tenkte jeg vemodig. Tenk om det kunne være meg forunt å bo på et slikt idyllisk sted! I hvert fall for en stund! Og så, mens jeg sto fasinert og beundret drømmehuset, så jeg plutselig en utvei. I mine forordninger sto det hvor jeg måtte innlosjere meg, alltid på byens beste hotell. Det hørte med til bildet av meg som en betydelig person. Men ingenting sto skrevet om at jeg måtte bo der hele tiden oppholdet varte, så sant jeg befant meg på riktig sted i begynnelsen når oppstyret var som verst og pressen hadde konstatert at jeg bodde fint. Et glipp fra The Company som jeg siden benyttet meg av titt og ofte.

Min impulsivitet har gitt meg mange skrubbsår på veien, men ingen som jeg angrer på.

Resolutt ringte jeg på dørklokken. Ingen reaksjon. Så banket jeg hardt på døren og hørte klaprende heler som nærmet seg, og «Dronning Victoria» sto foran meg i all sin velde. Damen som sto foran meg, var omtrent av samme årgang som huset. Kjolen var gammelmodig og det tynne håret kruset seg over pannen.

«Hva ønsker du?» Hun var ikke blid i det hele tatt og snakket med sterk tysk aksent.

«Jeg ønsker å leie et rom for et par uker», svarte jeg beskjedent.

«Dessverre. Jeg tar kun imot langtidsgjester. De fleste bor her fast.» Hun gjorde tegn til å lukke døren, da jeg som har lest hundrevis av detektivromaner, satte foten i døråpningen.

«Vær så snill», hvisket jeg ydmykt gjennom sprekken mellom oss.

«Kjenner du noen som bor her …?» Jeg måtte medgi at det gjorde jeg ikke. «Men jeg synes huset ditt er så pent.»

«Pent? Nei det er det da slett ikke. Det mangler både maling og vedlikehold.» Jeg følte at hun myknet. Døren ble åpnet.

«Når jeg tenker etter har jeg kanskje et pikeværelse ledig. Bad og toalett er i gangen, prisen er tre US dollar om dagen.» Hun misforsto forundringen som sikkert sto å lese i fjeset mitt og la raskt til at det var inkludert tre måltider. Det var latterlig billig. På El Embajador hadde jeg betalt det tidobbelte for bare en seng å sove i.

«Når kan jeg vente deg?»

«Jeg kommer i kveld, når jeg har vært på hotellet og skrevet meg ut.» Der fortalte jeg at jeg skulle bo privat og overlot de fleste av mine hvite kofferter i deres varetekt.

Det var langt på natt da jeg sovnet til lyden av en klaprende skrivemaskin, i en seng som knirket i et hus som knirket. Et lykkelig valg.

Da jeg kom ned til frokost neste morgen, ble jeg henvist et lite bord i et hjørne. Spiserommet var akkurat slik jeg hadde forestilt meg det. Lyset strømmet inn mellom stivede, hvite blondegardiner, og det var blomstrende geranier i vindusposten.

Med en bok oppslått foran meg, en eller annen jeg alltid har med når jeg spiser alene, koste jeg meg intenst med den deilige maten, solen som kom i striper gjennom gardinene og boken jeg leste. Så mye på en gang er nok til å gjøre en lykkelig.

Grunnen til at jeg husker hva jeg leste akkurat da er at det var påskuddet Prinsen brukte til å bli kjent med meg.

«Liker du Stefan Zweig …?» Stemmen fra naboborder var dyp og behagelig, og språket var fransk.

«Naturligvis gjør jeg det», sa jeg kort da jeg vendte meg halvveis mot stemmen. «Hvis ikke ville jeg ikke lest ham.» Jeg var på vakt, jeg var arg. Etter kjøret i Ciudad Trujillo ville jeg ha fred.

«Jeg for min del», fortsatte stemmen «foretrekker biografiene framfor romanene. Den du nå leser virker litt fjern for meg. Jeg har vanskelig for å forstå personene.»

Nå ble jeg nysgjerrig og snudde meg helt. En mann som pratet litteratur til frokost! Det jeg så var en meget gammel mann, olding i mine øyne, men herregud hvor flott han var med sine knallblå øyne og hvite manke, selvsikker til tusen, men høflig og vennlig. En person som innyndet respekt.

Jeg forsvarte «Amok», boken jeg holdt på med og han forsvarte sine synspunkter.

«Nei, nå må jeg løpe.» Tiden var gått så fort at jeg begynte å bli sent ute. På hovedkontoret til «brødrene» Lopez var det folk som ventet på meg, jenter og gutter som hadde svart på annonsen om medarbeidere som selgere og demonstrasjonsdamer. Vi var helt enige om at etter fjernsynssendingen samme kveld ville vi trenge flere folk.

«Når kommer du tilbake?» spurte mitt nye bekjentskap.

«Ikke før sent. Jeg kommer ikke tilbake fra TV-studioet før ved titiden, og da kommer jeg til å gå direkte til sengs.»

På kontoret spurte jeg min arbeidsgiver, Vincente som så ut til å være den som bestemte mest, om hva han mente om min forflytning kvelden før. Han sa at han skjønte meg godt, og hvis og når det ble nødvendig kunne vi leie et lokale på hotellet. Grei til tusen. Hugo derimot, som nå visste hvor jeg befant meg og at arbeidet var i gang, var vanskeligere å overbevise. Det var først da jeg fortalte om fjernsynet, at vi hadde fått en halvtime direktesending hver uke i beste sendetid, rett etter nyhetene. Uten å vite det som ingen av oss involverte hadde anelse om, var at programmene ble så populære at vi slapp å betale noe som helst. Gratisreklame som ville ha vært verdt tusenvis av dollar i dag. Grunnen var naturligvis den at for første gang var det vanlige kvinner av folket som sto fram som hovedpersoner og fikk si hva de tenkte og mente.

Det forundrer meg fremdeles hvordan alle disse såkalte enkle menneskene, det skulle etter hvert bli mange av dem, framsto naturlige foran kameraene som om de var hjemme i sin egen stue. Det var der suksessen lå. Møt folket!

«Jeg håper jeg ikke forstyrrer deg med maskinskrivingen om natten», sa min frokostvenn et par dager senere.

«Langt ifra, jeg sover som en stein.»

«Kunne du tenke deg, en kveld du har fri, å spasere opp i åsen med meg? Det finnes et lite vertshus med god mat der oppe som jeg tror du vil like.»

Jeg likte stedet, jeg likte maten, og framfor alt likte jeg våre samtaler. Aldri før hadde jeg truffet et virkelig kultivert menneske – slik jeg forstår ordet, og med så store kunnskaper. Han hadde lest alt, husket alt og hadde sin mening om alt. En stor personlighet.

Denne første kvelden vi hadde noen timer sammen, ikke bare noen ord fra bord til bord ved frokosten, var vi naturligvis litt nysgjerrige på hverandre.

Vi delte et baderom innerst i gangen hvor en av hans hvite skjorter og ett par sokker hang til tørk fra dag til annen. Ingen underbukser (sikkert av hensyn til meg) som han fant tørkeplass til på sitt eget rom. Et rom jeg for øvrig fikk et glimt av en morgen jeg gikk forbi. En seng, et skrivebord, og resten av krypinnet overfylt av bøker og papirer. Rik på jordisk gods var han i hvert fall ikke.

Turkameraten min hadde lest om meg i avisen, hadde også tatt seg tid til å se meg på fjernsynet, men virket ikke imponert i det hele tatt. Litt skryt hadde jeg ventet, men han virket heller litt misfornøyd.

«Det er mange måter å overleve på», sa han med et sukk, og det hadde han naturligvis rett i.

Hva jeg fikk vite om ham var at han var rumener, at han hadde måttet flykte fra sitt land, og at han hadde mistet sin kone på ferden. Hadde jeg visst at Romania var på Tysklands side under den annen verdenskrig hadde jeg kanskje trukket noen konklusjoner, men min uvitenhet var stor. Jeg hadde vært for ung. For ung og uinteressert til å vite hvem som var på parti med hvem, og konsekvensene det fikk for millioner av mennesker da seieren for de allierte var i havn. For egen del hadde jeg hatt nok med Norge og meg selv da katastrofen rammet meg og min familie.

Med sin rolige stemme fortalte han meg videre at han tjente til livets opphold ved å undervise i språk og historie på universitetet, uten å gjøre noe vesen av det.

Da turen kom til meg for å fortelle hvordan jeg hadde havnet i Costa Rica, begynte jeg med fluktet fra Frankrike til Paraguay og deretter hvordan jeg hadde fått jobb hos The Company.

Hva våre personlige forhold angikk stoppet vi der. Det var så mye annet å prate om. Politikk ble ikke nevnt i det hele tatt, heller ikke mitt arbeide som jeg forsto han så på med misbilligelse. Derimot fikk jeg innføring i botanikk og fuglesang og stjernene på himmelen. Menneskers historie fra verdens begynnelse og de forskjellige religioners opprinnelse.

De to neste søndagene jeg hadde fri gjorde min nye venn i stand en nistekurv, dvs. en fullpakket ryggsekk med alskens godt, og vi gikk en skikkelig lang tur oppover i skauen. Det forundret meg at han som jeg antok for å være minst tretti kanskje førti år eldre enn meg var så sprek.

Det skulle gå to år, ca. fire besøk til Costa Rica, alltid på Pension Esmeralda, før han følte seg sikker nok til å fortelle meg hvem han virkelig var; en ekte prins hvis navn går igjen i historiebøkene (jeg var ikke i tvil, men har siden sjekket det) og sin forhistorie. Hvordan han mistet eiendommer og slott, til og med hele landsbyer da russerne gjorde sitt inntog. Hvordan hans kone og halvvoksne barn var blitt myrdet og han selv var blitt etterlatt som død. Grunnen til at han hadde klart å komme seg ut via mange omveier.

Foreløpig kalte jeg min venn Monsieur Vladimir, siden vi snakket fransk, og for ham var jeg Elisabeth.

Hver gang Costa Rica sto oppført på min reiseplan hadde jeg mye å glede meg til. Etter hvert hadde jeg funnet andre pensjonater og små familiehoteller som jeg kunne flytte til når faren var over for at jeg skulle bli oppdaget i en bolig uverdig min stand og rang. The Company hadde avfunnet seg med det. Men ingen steder ble som Pension Esmeralda hvor jeg nå alltid var velkommen. Der hadde jeg mitt lune hi, og der hadde jeg Prinsen. Samtidig så jeg fram til å møte de unge menneskene jeg hadde plukket ut, og ikke minst brødrene Lopez som holdt hjulene i gang og gjorde en fabelaktig god jobb. At det også var de som hadde trodd nok på meg til å la meg sette i gang med fjernsynsprogrammene glemte jeg heller aldri. Når jeg tenker etter, var Costa Rica det eneste landet på min ferd hvor jeg aldri møtte problemer av noe slag.

Brødrene Lopez hadde, overfor meg, sluttet å late som om de var noe annet enn det de var. To mennesker som elsket hverandre. Når jeg var hjemme hos dem til middag, var det Vincente som sto på kjøkkenet, iført et stort hvitt forkle og skjerf rundt halsen som en ekte fullbefaren kokk, hvilket han var, mens Pablo svinset rundt, dekket bordet og tok seg av gjesten som en nervøs husmor.

Mens jeg nå er i Costa Rica og mens jeg skriver dette, kommer jeg plutselig i hug en opplevelse utenom det vanlige.

På grunn av fjernsynet var jeg blitt kjendis. Folk hilste på meg på gaten. Ungdommer kom løpende og ba meg skrive en hilsen i skolebøker eller hva de hadde for hånden. Men damen som plutselig sto foran meg og tok meg i armen virket ikke som noen autografjeger eller kjendisdyrker. Hun var derimot alvorlig, nesten anspent.

«Jeg må snakke med deg. Det jeg har å fortelle er meget viktig.» Litt overrumplet forsto jeg at vi skulle gå til caféen på den andre siden av gaten og ta en kopp te.

Hun tilhørte en eller annen sekt som blant annet trodde på reinkarnasjon. Brødrene og søstrene kom sammen en gang i uken og hadde av uforståelige grunner fulgt med på mine programmer i fjernsynet helt fra begynnelsen av. Og de hadde funnet ut at jeg befant meg på det «niende trinnet» som betyr at når jeg en gang forlater denne vår jammerdal drar jeg sporenstreks til Nirvana.

Jeg takket så meget for opplysningen og sa at det var godt å vite det og gjorde tegn til å reise meg opp. Men kvinnen som jeg tok for å være en religiøs fanatiker holdt meg tilbake.

«Sett deg», sa hun. «Det er mer du må høre. Den lysende auraen du hittil har hatt rundt deg begynner å dimme. Mørke strømninger er i ferd med å sive inn fra flere kanter. Hvor de kommer fra er vi ikke i stand til å finne ut, men vi vet at store farer truer. Du er inne i en ytterst farlig periode av ditt liv og må utvise stor forsiktighet. Vær på vakt! Du <u>må</u> tro meg!

«Store farer» hadde jeg vært utsatt for før, og hadde kommet meg velberget gjennom. Jeg glemte damen med de fanatiske øynene, og husket ikke en gang hennes spådommer da det viste seg at hun skulle få rett. Ikke før i dag.

To år skulle det gå før det hun og vennene hadde «sett» ble til virkelighet, men det var det ingen eller ingenting som kunne ha forberedt meg på.

Det lakket nok en gang mot slutten av mitt opphold i San José. Prinsen hadde jeg sett lite til. Kun til frokosten som vi inntok samtidig etter en høflig hilsen. Han var taus og innesluttet. Stefan Zweig var et tilbakelagt stadium. Heller ingen turer på skauen med fuglesang og botanikk eller menneskehetens opprinnelse.

Jeg var skuffet og såret, men avfant meg med at mitt selskap hadde hatt lite å by på for en så stor personlighet.

For min egen del hadde jeg vært svært opptatt. Jeg hadde holdt foredrag på ungdomsskolen om å være seg selv uten å tro at sminke og moderne klær ville løse all verdens problemer, kun være til hjelp når man var sikker på sin egen person som menneske.

Jeg besøkte også et fengsel, bedt av fengselsdirektøren om å holde et foredrag for de innsatte. Om dette høres utrolig, så kom det ganske enkelt av at utenom nyhetene var mitt program det eneste de så. Der pratet jeg historie og fortalte om min egen situasjon; Hvordan det går an å komme seg ut av et uføre når man virkelig vil og gidder å arbeide. Ingen kunder i sikte, men jeg trøstet meg med at når de kom ut ville kanskje noen av frøene jeg sådde falle i god jord. Og når de fikk penger til å kjøpe for, ville de kjøpe The Companys produkter.

Da jeg kom hjem den nest siste kvelden før jeg skulle forlate San José, fant jeg en konvolutt som var stukket inn under døren. Det var en innbydelse fra Hans Høyhet Prinsen med mange navn og titler som jeg ikke vil nevne, hvor han hadde den ære å ønske mitt nærvær til en middag etc. etc. Alt skrevet meget høytidelig med sirlig gammeldags skjønnskrift. Sted og tid var naturligvis angitt og sluttet med S.U. Jeg skrev *ja takk* på en lapp og stakk den under døren hans.

Restauranten var kjent som byens nec plus ultra, hvor kun storfolk og millionærer hadde råd til å sette sine bein. Hvordan kan en som lever så kummerlig ha råd til dette var min første tanke. Deretter tenkte jeg at om han ville bruke en månedslønn på å be om unnskyldning for sin merkelige oppførsel denne gangen, så han om det.

Da jeg ankom viste hovmesteren meg inn i et chambre separé, et eksklusivt lite rom for klienter som ville være for seg selv. Prinsen sto midt i rommet og ventet på meg. Han kom raskt imot meg og kysset meg på hånden, men jeg var så overveldet av blomsterprakten at jeg ble stående å måpe. Hele rommet var fylt av store vaser med høystilkede røde roser. Et syn for guder!

Jeg hadde ennå ikke fått tilbake munn og mæle da prinsen gikk bort til et lite bord ved siden av det store og selv lot champagnekorken smelle uten hjelp fra kelner eller hovmester.

«Til deg, Elisabeth!»

«Skål!» så jeg. Det var det beste jeg kunne finne på. Deretter laget han i stand et stykke ristet brød med kaviar, litt løk og noen dråper sitron som han rakte meg. Etter omgang nummer to med samme føde og fluidium begynte jeg å bli meg selv igjen. Noe var i gjære, det var jeg sikker på, men som alltid hygget jeg meg når jeg var sammen med prinsen. Vi snakket om dette og hint, og det var først etter fasanen servert av hovmesteren og vi satt med desserten at han holdt sin lille, men vel forberedte tale til meg.

«Du har kanskje vært forundret over at jeg har holdt deg på avstand disse to siste ukene. Hvis jeg på noen måte har såret deg ber jeg om unnskyldning for det. Grunnen er den at før jeg snakket med deg hadde jeg mye å tenke på. Mange undersøkelser jeg hittil ikke har tatt meg tid til, eller hatt lyst til å gjøre, har jeg nå fått orden på.»

Jeg var fullstendig i villrede.

«Tidene er i ferd med å forandre seg i mitt land. Om ikke lenge vil eiendommene mine igjen bli mine, og tittelen min kan aldri noen ta fra meg. Men mine dager er talte. Selv vil jeg ikke oppleve det. Kjære Elisabeth, vil du bli min hustru, min prinsesse ...?» Han var rørt til tårer da han satte seg og jeg likedan. Jeg forsto at dette var stort. Hva han ellers sa den kvelden var; «Du er mer prinsesse enn mange andre jeg har truffet.» Jeg tar med setningen fordi den satt seg fast selv om det virker som skryt.

«Tusen takk», sa jeg. Hva annet skulle jeg si? «Jeg skal tenke på det.»

Vår Omelette Norvegienne, iskrem under et dekke av marengs, begynte å smelte. For første gang siden vi traff hverandre satt vi der nesten som to fremmede uten å finne på noe å prate om.

Morgenen etter stakk jeg av sted grytidlig, forsiktig med ikke å bråke.

Seks måneder senere, da jeg var tilbake på Pension Esmeralda var min prins forsvunnet. Jeg spurte vertinnen om hans nye adresse, men hun visste ingenting. Han hadde forlatt huset sammen med to menn og alle sine papirer, mange fulle kartonger.

På universitetet ble jeg fortalt at professoren hadde sagt opp sin stilling for et halvt år siden og hadde reist uten å oppgi ny adresse. Altså hadde min gode venn lest meg som en åpen bok. Han hadde tatt mitt «jeg skal tenkte på det» for det det var; Nei takk! Og hadde satt i gang med å fortsette med målet han hadde satt seg før han traff meg.

Jeg tror ... Noe annet kan jeg ikke si fordi jeg ikke vet. Men jeg tror at «sprengstoffet» som skulle besegle hans videre skjebne var skribleriene som lå i kartongene. Alt han visste om saker og ting som helst ikke burde se dagens lys. Han hadde jo selv sagt det til meg; «mine dager er talte.»

Det å reise i de såkalte Bananrepublikkene, landene som binder de to Amerikaene sammen, var som å forflytte seg fra vulkan til vulkan uten å vite hvor det neste utbruddet ville finne sted. Naturens egne protester eller menneskene som forårsaket dem. Alle, fra grensen til oljelandet Mexico i nord til Panama med sin kanal i sør, har sin egenart.

Altså var det urolige tider, hvilket jeg skulle oppleve etter hvert. Noen ganger på avstand, andre ganger direkte involvert. For folk flest gikk livet sin vante gang. I luksus eller fattigdom og for den voksende middelklassen som sjelden blir nevnt. Selv i dag førti år etter er inntrykket man får av Latin-Amerika gjennom norske medier at der eksisterer det kun to klasser: de utfattige og de styrtrike.

Man venner seg til å høre skuddvekslinger natt som dag. Hvem er det som skyter ...? Geriljaen eller regjeringens soldater ...? Uten å føle at det angår en. Uten å tenke på at hver gang er det noen som blir drept eller såret, tatt til fange og torturert for å angi sine kamerater. Dagen etter kan en jo lese i avisen om hva som hendte, hvor trefningen fant sted.

Landene var delt i tre leire. De som trodde på frihet uten helt å vite hva den egentlig skulle bestå i, regjeringene som ville beholde makten og hadde soldater til disposisjon, og den gemene hip som ikke tok parti for noen, men kun ville leve i fred. Den siste var den største.

Det som forundrer meg i dag, er at The Company kunne finne på å sette i gang en stormønstring med meg som fanebærer i områder som var så politisk betente. Nok et bevis på hvor lite USA visste om verden utenom sin egen og fremdeles ikke skjønner bæra av.

I Managua, Nicaragua, gikk alt som smurt. Señora Somoza og jeg ble «bestevenninner». Hun var konen til presidenten som noen år etter ble styret av Sandinistene. Foreløpig handlet hun mange års forbruk av mine utmerkede varer, og gud vet hvor mange ganger jeg dro hjem til henne for å fortelle om miraklene jeg hadde å by på til sossedamene og ambassadørfruene. Og det var fjernsyn i Managua …! Forestill deg i dag hvor viktig det er å møte en TV-personlighet i levende live, gang det med hundre og du vil få en viss peiling på situasjonen jeg befant meg i.

Det jeg imidlertid husker best var at under sending mistet en av fotografene kontroll over kameraet sitt som kom farende mot meg og veltet bordet jeg satt bak.

I San Salvador var jeg bedt i bryllup. Det var Vera som skulle gifte seg. Vi hadde truffet hverandre helt tilfeldigvis ved svømmebassenget på hotellet hvor jeg bodde. Som så ofte hendte det som oftest er jenter forunt. Kjemien stemte, og vi ble perlevenner uten å vite noe som helst om hverandre. Hver gang jeg kom til San Salvador ringte hun meg og vi avtalte møter. Vi var i teater sammen og beundret Ibsen på spansk, vi så opera – kinesiske med mange ulyder som jeg godt kunne ha vært foruten, men nøt konserter av gamle klassikere som jeg er glad i. Men mesteparten av tiden vi var sammen tilbrakte vi på mitt hotellrom hvor vi delte en flaske vin og pratet og pratet.

Jeg gledet meg til bryllupet, men våknet av at sengen min skled fram og tilbake over gulvet. Lampen svingte i taket. Dumpe drønn kom fra jordens indre. Nå blir vi beskutt …! I en fart slengte jeg på meg morgenkåpen og løp ut på verandaen.

Synet som møtte meg, var fantastisk. Det var en sint vulkan som forårsaket alt bråket. Krateret av den svarte silhuetten mot nattehimmelen spydde ild. Glødende, tyktflytende masser av lava strømmet nedover fjellsiden. Dagen etter skrev avisene at ødeleggelsene var enorme. Hundrevis av hus var rast sammen og det var mange døde og sårede. De mer solide bygningene hadde klart seg, leste jeg videre. Allikevel hadde veggene i det flunkende nye InterContinental-hotellet hvor jeg bodde slått sprekker, og svømmebassenget var en saga blott.

På veien nedover til sentrum måtte drosjen kjøre gjennom den fattigste bydelen som var blitt mest rammet av jordskjelvet. Der var folk i gang med å grave i ruinene av det som hadde vært et hjem, på leting etter eiendeler ..., eller kanskje et medlem av familien? På hotellet hørte jeg noen klage over hvor ergerlig det var med svømmebassenget.

Et par dager senere var jeg i bryllup for fyrster. Om ikke av blod så i hvert fall av penger.

At Vera levde så storveis ante jeg ingenting om. At jeg hadde truffet henne ved lunsjbordet som ble servert i hotellets hage hver søndag sa meg at fattig var hun ikke, for dit kom kun folk med god råd, men uten å forfølge tanken fordi jeg var likeglad med hennes stand. Jeg likte henne for den hun var.

I El Salvador ble det fortalt at landeiendommene var eid av 14 familier, og da jeg gikk opp alléen som førte til slottet forsto jeg med en gang at jeg hadde havnet hos en av disse.

Ikke en gang Sjeherasad i sine netter sammen med sultanen kunne ha funnet på mer overdådig prakt. Lakeier i sekstenhundretallsdrakter og hvite parykker med fakler i hendene sto oppstilt på hver side av innkjørselen. Og slottet var ekte, importert bit for bit fra Italia. Parken var så stor at de forskjellige orkestrene som spilte rundt omkring ikke forstyrret hverken hverandre eller gjestene. Bordene bugnet av utsøkt mat og drikke, og tjenerne var iført samme kostymer som de jeg beundret da jeg kom.

Før jeg fant meg et bord i parken gikk jeg inn i slottet for å se meg om. De fleste av gjestene var utendørs, så jeg tok meg god tid til å vandre rundt i stuene og beundre herlighetene. Presangbordet som sto og bugnet som et overflødighetsrom i hallen tok jeg til slutt. Det var der jeg sto da dagens midtpunkt kom hastende forbi i all sin brudeprakt.

«Elisabeth ...! Står du her helt alene! Kom, så skal jeg presentere deg for noen hyggelige mennesker.» Hun tok meg i hånden og dro meg etter seg inntil hun fant bordet med de hyggelige menneskene, to menn og en kvinne, og forsvant ut av mitt liv for alltid.

Ut ifra katastrofen som hadde rammet landet og den enorme forskjellen mellom fattig og rik burde jeg vel benytte dette skrikende eksemplet til å skrive om urettferdigheten, men det er det så mange andre som gjør bedre enn meg.

Min venninne Vera var enkel, liketil og grei, langt ifra trollete og hovmodig slik mytene mener en overklassejente skal være. Hun var ganske enkelt født på feil tidspunkt, i feil familie og i feil land.

Det var derfor jeg aldri så henne igjen. Ikke lenge etter bryllupet ble hennes mann kidnappet av motstandsbevegelsen. For å vise at de mente alvor ble ett av hans ører sendt i posten sammen med krav om løsepenger. Pengene ble betalt, Veras mann slapp fra det med livet og de flyttet begge sporenstreks til Cañada, hvor jeg inderlig håper at det har gått dem vel.

Uten forkleinelse for de andre landene i Mellom-Amerika, var Guatemala det landet som gjorde mest inntrykk på meg på grunn av naturen og menneskene der. Noe jeg så vidt fikk se denne første gangen, men som senere skulle forandre livet mitt nok en gang. Foreløpig dreide det seg om noe ganske uhørt i The Companys historie. Vi skulle samle et dusin makeup artister fra forskjellige land i Guatemala by som det het den gang og lage en kjempestor Beauty Bar i byens stormagasin. To fjerdedeler av underetasjen ble bygd om til en bar med krakker og speil og et brett med produktene våre. Og bak disken mine sminkedamer som ikke var artister i det hele tatt, men en viss peiling hadde de jo om hvordan de forskjellige produktene skulle brukes.

Dekorasjonene var holdt i hvitt og lyseblått, fargene på våre krukker og flasker, og jentene fikk uniformer i de samme fargene. De var lekre og delikate, men Hugo protesterte litt da jeg ba om å få tilsendt 24 plagg i størrelse 8 til 10, men han så lyset da jeg sa at kjolene måtte vaskes hvis «artistene» skulle stille plettfrie hver morgen.

Mannen som gjorde at vi fikk det hele i havn het Henry Salomon. (Nok en Salomon!) Han var øverste sjef, den som bestemte alt som angikk forretningen, og fra første stund var han med til tusen. Alle utstillingsvinduene mot hovedgaten ble dekorert i The Companys farger, og «primadonnas» bilde var på plass med opplysning om når hun kunne treffes i forretningen eller på TV om kvelden. Det var ikke en gang nei i hans munn da jeg ba om å få snekret sammen en mini-Beaty Bar til fjernsynsstudioet hvor jeg skulle appellere til alle kvinner om å innfinne seg i La paqueteria for å lære «å ta vare på seg selv og gjøre best mulig ut av sitt utseende» …! Helt gratis!

Men det å holde styr på flokken av unge kvinner som etter hvert innfant seg på Hotel Bilmor ble vanskeligere enn beregnet. Noen kjente jeg fra før fordi jeg hadde ansatt dem, men andre bl.a. fra Mexico, Panama og Columbia var nye for meg. Felles for dem alle var at ingen av dem hadde vært utenfor sitt lands grenser og aldri hadde bodd på et fint hotell hvor de kunne velge mat fra menyen tre ganger om dagen uten at det kostet dem noe.

Fremdeles ser jeg for meg alle jentene samlet i konferanserommet jeg hadde leid på hotellet for å møte dem alle sammen og holde dem hele tiden mens Beauty Bar-en varte. For en utenforstående kunne de ha virket som en flokk kandidater til Miss Universe. Alle som en var de pene og gløgge, velfriserte, velsminkede og velkledde.

Da jeg kom inn i rommet stanset praten og alle reiste seg. Jeg gikk rundt og hilste på hver enkelt og småpratet litt, og gikk deretter over til å fortelle om hva som ventet og hva som var forventet av dem de neste to ukene, og at vi skulle bruke de første par dagene til videre trening på dette rommet hvor de hadde å innfinne seg presis klokken åtte hver morgen. Presis! Jeg var velkjent med det latinske lynnet hvor tid og tidspunkt er et tøyelig begrep.

Da jeg følte at stemningen fremdeles var anspent fikk jeg brakt inn kartongene med de flotte uniformene. Alle ble overbegeistret og livnet til da jeg ba dem finne sine størrelser, to av hver til odel og eie, og som viste seg å stemme med mine antagelser.

Så igjen til mer seriøse saker; Ti maskinskrevne ark som jeg hadde fått stensilert opp, velkjente saker for de fleste, men som de måtte kunne forlengs og baklengs til neste dag.

Jeg nedla forbud mot å dra av sted om natten for å oppleve storbyens gleder, men det var det ingen som tok hensyn til. Når middagen var over og alle gikk til sitt kunne jeg høre dem sitte på rommene og høre hverandre i lekser. Men så snart de merket at jeg hadde slukket lyset for å sove hørte jeg rusling og hviskende stemmer i korridoren, drosjer som stanset og bildører som smalt, og av sted fór de.

Jeg lot som ingenting. De var unge, nysgjerrige og sultne på livet, og så lenge de var friske og vel opplagte om morgenen fikk det stå sin prøve.

Et annet problem, og ikke av de minste, var besøk av journalistene som ville ha intervjuer og bilder av de «internasjonale makeupartistene» som også var blitt vist i pressen som del av propagandaen. All PR var god reklame. Jeg hadde ikke noe imot at jentene mine stilte i badedrakt ved svømmebassenget og lot seg avbilde. Avisene hadde faktisk hele sider med fotografier av de lekre unge damene, men det jeg var redd for var at de skulle prate for mye og derved gi tilkjenne sin mer eller mindre innføring i yrket.

Konklusjonene for meg var å vise jentene tillit. Jeg snakket åpent og fortalte om situasjonen slik den var, og alt gikk såre bra. Ingen skravlet mer enn nødvendig, og til syvende og sist gjorde alle tolv en fantastisk innsats i Beauty Bar-en hvor de tok seg av kunder åtte timer hver dag, smilende, hjelpsomme og dyktige.

Aldri før i The Companys historie var det blitt solgt så mye på så kort tid i noe land, og jeg tror jeg har mine ord i behold når jeg sier at den rekorden står fremdeles. Det var nytt, det var spennende og alle involverte ytet sitt aller beste. Det er moro å tenke tilbake på.

Da ståket rundt avreisen for de unge damene var overstått, og selskapet kvelden før, kastet jeg meg på sengen og sov i tolv timer. På planen min sto det skrevet hvor jeg skulle reise neste gang. Jeg hadde vært på mange eksotiske steder; Curaçao, Aruba, Martinique og Trinidad, alltid med glede. Med dårlige resultater etter min målestokk, men uten at noen hadde noe å utsette på det.

«Har du tenkt å sende meg til Afrika nå?» spurte jeg Hugo over telefonen. Jeg forvekslet Guyana og Guinea, og et land som het Surinam hadde jeg aldri hørt om.

«Og jeg som trodde at du kunne din geografi ...!» Hugo småklukket. «Kjøp deg et atlas og du vil finne ut at øst for Venezuela og nord for Brasil ligger det tre små land, ett engelsk, ett fransk og ett hollandsk. Du skal ikke til fangenes fengsel ...»

«Jeg har lest Papillon ...», avbrøt jeg.

«Heller ikke til det britiske ...», fortsatte han, «men til Nederlandene ...»

«Hva skal jeg gjøre der ...?» ville jeg vite ... «Er det et land med framtidsutsikter ...?»

«Ikke mer enn vanlig på småsteder», sa Hugo. «Du får gjøre så godt du kan. Nyt landet, nyt naturen og menneskene som bor der i sine forskjellige hus og ditto klesdrakter, alle med sine guder og kultur. Og glem for all del ikke å besøke de forretningene i bakgatene hvor du kan få kjøpt vidunderlige gamle indiske smykker i sølv og gull og edelsteiner for en slikk og ingenting.

«Du høres ut som en overbegeistret guide», sa jeg og spurte om han hadde vært der. Joda, det hadde han. «Dette er en gave fra meg til deg», sa han så.

Paramaribo, hovedstaden var akkurat slik Hugo hadde beskrevet den. Et virvar av folk fra mange nasjoner med forskjellig hudfarge og gud vet hvor mange språk levde og trivdes i fredelig forening med respekt for hverandre. Fremdeles står den for meg som en unik plett på jorden, men i dag nesten et halvt århundre senere er sikkert alt forandret.

Det Hugo sa om «gaven» skulle vise seg å bli virkelig, ikke bare i overført betydning slik han mente det. Jeg gjorde som han hadde foreslått: Ruslet rundt i gatene og stakk innom antikvitetsforretninger hvor storslagne smykker lå utstilt til salgs sammen med edelstener i små hauger. Jeg hadde aldri vært interessert i smykker og heller ikke hatt råd til å kjøpe noen av verdi, men nå plutselig sto jeg ovenfor så mye vakkert og overkommelig for meg som hadde dollars å rutte med at jeg løp løpsk. Jeg valgte ut smaragder, rubiner, topaser og ametyster som om jeg aldri hadde gjort noe annet og kjøpte forseggjorte anheng til hals, hode og ører i sølv i kilovis. Alt ble veid uten hensyn til det kunstneriske. For å avslutte historien om meg og min skatt, var jeg fornuftig nok til å få satt verdi på den av Vesta forsikring da jeg kom tilbake til Norge, og da den 30 år etter ble stjålet fra mitt hjem ble jeg en holden dame. Jeg vil berømme Vesta for at de aldri nølte med å utbetale, uten vanskeligheter av noe slag.

Fremdeles er vi i Paramaribo. Denne gangen var det ikke spørsmål om å bo på hotell for meg. Importøren og hans kone insisterte på at jeg skulle bo hos dem i deres deilige hjem hvor et stort rom og bad sto til min disposisjon, og bedre kunne jeg ikke ha det. Etter en svømmetur i bassenget som lå rett utenfor værelset mitt var det frokost, og mannen i huset og jeg dro til kontoret. Sammen gikk vi gjennom bestillinger og salg uten å finne noe mer som kunne gjøres bedre eller verre da hans parfymeri var den eneste i landet. Deretter var det lunsj og en lang middagshvil. Om kveldene holdt jeg foredrag for alt som fantes av kvinneforeninger, og mer enn det var det ikke å gjøre. Nesten for en ferieuke å regne, slik Hugo hadde forespeilet meg.

Etter dette sårt tiltrengte avbrekket var det på'n igjen med nye store oppgaver. Først til Panama og så Bogota.

Etter snart fem år på konstant reisefot begynte jeg å bli sliten. Jeg merket det på så mye. Arbeidet begynte å bli et ork. Jeg gledet meg ikke lenger til nye utfordringer og gjorde ikke mer enn jeg absolutt måtte uten å ha noe ekstra å gi. Det som hittil hadde vært min styrke. Ved siden av reisene i embeds medfør hadde jeg også besøkt mine foreldre i Argentina, men alltid under tragiske omstendigheter; min lille nevøs bortgang i en alder av to år, min brors dødsulykke da han var 28 år, og min fars dødsleie som jeg så vidt rakk da han døde av sorg. (Alt dette skriver jeg utførlig om i Aldri tilbake). To ganger i året gledet jeg meg til å være sammen med Alex og Kristin i Norge eller andre steder. Enten på fjellet i påsken med Norge i vinterprakt, den franske Riviera som det fremdeles het, Mexico, en øy i Karibia eller i New York.

Jeg tror det var reisene som tok knekken på meg, og det var i Caracas jeg møtte veggen.

Helt siden jeg forlot Bogota med kurs for Caracas tenkte jeg på Sidney, vice president for The Company som jeg ikke hadde sett så mye til de siste årene. Hvorfor minnene om ham skulle forstyrre meg så sterkt de få timene vet jeg ikke. Jeg tenkte på vårt første møte i Buenos Aires hvor han ansatte meg mot alle odds. Jeg tenkte tilbake til den kvelden på Jamaica hvor jeg avviste ham ved døren til tross for at jeg likte ham godt.

En annen jeg tenkte på, på den korte turen, var Mister X. En mann jeg aldri hadde truffet, men som jeg hadde sett utallige ganger i Mellom-Amerika. Først tok jeg ham for å være selger, en av de mange som reiser verden rundt for de store

114

verdensomfattende firmaene for å finne nye beitemarker. Slik som jeg gjorde. Men han passet ikke helt inn blant de unge ambisiøse som regel flotte unge menn, de som var utvalgt til å representere sine konsern utad.

Mister X var en pen middelaldrende mann, middels høy med grått hår, uklanderlig antrukket, alltid iført grå dress. Det at han alltid befant seg hvor jeg var fikk meg til å undres på om han forfulgte meg, selv om jeg hverken hadde tid eller krefter til å bekymre meg om det.

Høyttalerne knitret og en stemme annonserte at vi gikk inn for landing på Maiquetía flyhavn utenfor Caracas.

Venezuela var den gang Sør-Amerikas rikeste land med inntekter fra olje og asfalt. Det var også det vanskeligste å komme inn i og det dyreste å leve i. Det tok evigheter å komme gjennom alle formalitetene. Pass, visum og vaksinasjonsattest ble grundig gransket, i tollen ble bagasjen endevendt, og da jeg til slutt måtte kle av meg og ble saumfart av en kvinnelig toller ble min tålmodighet satt på hard prøve.

I ankomsthallen var det forunderlig stille. Der var det få reisende, men derimot mange bevæpnede politifolk. At noe utenom det vanlige var i ferd med å skje, eller kanskje hadde skjedd, var innlysende.

Og det merkeligste av alt, for meg som visste hvilket storprosjekt som var satt i gang var at ingen var møtt fram fra firmaet for å møte meg. Heller ikke journalister fra aviser, fjernsyn og radio fantes. Jeg burde kanskje ha følt meg lettet over å slippe å fortelle for n'te gang «hvor glad jeg var for å være tilbake» etc. etc., men reklamen var en del av jobben og jeg hadde lært meg til å leve med den. At noe var riv, ruskende galt var det ikke lenger tvil om.

Jeg sto på fortauet og ventet på en drosje da Mario Juarez kom kjørende i rasende fart og stoppet sin Jaguar-kabriolet foran meg med hvinende dekk.

«Har du ventet lenge?» spurte han og begynte å lempe inn koffertene sammen med bæreren.

«Jeg er redd for at det var du som måtte vente», sa jeg og fortalte om trøbbelet i tollen. «Hva er det som foregår?» ville jeg vite. «Er det unntakstilstand eller hva ...?»

«Ingenting alvorlig, kun øket sikkerhetstiltak fordi det har vært en del bombeattentater her den siste tiden. Men det er ikke derfor jeg er forsinket», la han til etter en stund. «Noe uforutsett har skjedd som jeg skal fortelle deg når vi kommer fram.»

Så bar det av sted som om den onde selv var i hælene på oss. Det var den villeste kjøringen jeg noen gang har vært med på, til og med etter landets forhold hvor alle kjørte som rallykjørere.

For å komme opp til byen og det superhypermoderne hotell Tamanaco hvor jeg skulle bo, gikk vår fykende ferd gjennom slumstrøk hvor skur med blikktak klamret seg til dalsiden. Uten TV-antennene på taket og amerikanske biler som lyste opp som glinsende uhyrer på de støvete gårdsplassene omgitt av lekende barn, kunne man ha trodd at her levde mennesker i ytterste nød. Jeg antok at det var her de bodde, flesteparten av hovedstadens den gang tre millioner innbyggere.

Endelig, endelig var vi i suiten min og jeg ventet i ulidelig spenning på hva Mario hadde å fortelle meg. Jeg så meg rundt. Velkomstarrangementet var slik jeg var vant til. Blomster og frukt og champagne i isbøtte med hilsen fra hotellet og The Company.

«Sett deg», befalte Mario. Han gikk bort til baren og blandet to sterke whiskyer med vann.

Kjære alle mine guder, la det ikke være tilstøtt ungene mine noe, ba jeg av alle krefter og tok plass og satte meg i sofaen. Mario installerte seg i en lenestol rett ovenfor meg.

«Har dette noe med barna mine å gjøre?» spurte jeg så. Jeg orket ikke denne uvissheten lenger.

«Nei, så vidt jeg vet lever begge i beste velgående.» En stor stein falt fra hjertet mitt.

«Er Sidney Bernstein ankommet …?» Jeg hadde gledet meg til å se ham igjen. Hugo hadde fortalt meg at han, vår felles sjef, hadde til hensikt å overvære en Beauty Bar i aksjon.

«Ja», svarte Mario, «han kom i går.» Jeg løftet telefonrøret. «Jeg må ringe ham for å fortelle at jeg er her.»

«Ett øyeblikk», han løftet avvergende hånden. «Señor Bernstein kan ikke snakke med deg. Han er død. Han hoppet ut fra sitt rom tidlig i dag morges og ble funnet livløs på terrassen.»

Hva som skjer i ens indre når en tragedie overraskende blir kastet på en er sikkert forskjellig fra menneske til menneske. Min reaksjon, så vidt jeg husker, var at jeg følte en iskald kulde og at jeg ikke felte en tåre.

«Er du sikker på at det var selvmord …?»

«Ja, det er det ingen tvil om», svarte en øyensynlig lettet Mario som kanskje hadde forberedt seg på å takle et hysterisk utbrudd.

El Señor Bernstein hadde spist middag alene i hotellets spisesal. Klokken elleve hadde han gått opp til seg selv hvor han hadde bestilt en flaske Whisky fra romservice, samtidig som han ba om å bli servert frokost klokken seks, også på rommet. Den siste som så ham, var servitøren da han kom med brettet. Da sto Sid på balustraden på balkongen og ventet før han tok spranget ut i det ukjente. Nesten som om han ville ha et vitne på sin siste stund på jorden.

Ved å se meg så rolig og fattet gikk Mario over til å berette om alt han hadde måttet ta seg av om formiddagen. The Company som måtte underrettes, tilbakesending av visepresidentens jordiske rester, etc., og framfor alt at han hadde klart å ikke forbinde selvmordet på El Tamanaco med The Company, noe som ville ha kastet skygge over de forestående begivenheter. Det var derfor han var blitt forsinket på flyplassen unnskyldte han seg med gang på gang.

Deretter gikk han over til å prate om det viktigste, min timeplan for de kommende dager og neste to uker. Han rakte meg en bunke ark hvor alt sto skrevet. Jeg skumleste raskt den første siden; Møte med mine medarbeidere neste morgen klokken åtte, inspisering av Beauty Bar-en og møte med direktøren for Sears som var en nord-amerikansk butikkjede, fjernsyn om kvelden.

Det begynte å bli sent. Mario sa at hans foreldre forventet at jeg skulle bli med ham hjem for å spise middag og bli kjent med dem, noe jeg ikke hadde noe imot. Jeg var klar og våken som om jeg hadde fått en sprøyte adrenalin. Jeg ble behørig kondolert da jeg kom og vi sørget litt mens vi drakk en cocktail eller to, men da mitt vertskap oppdaget at jeg ikke var ille berørt og oppførte meg normalt gikk vi over ti å prate business som vanlig.

Men da jeg kom tilbake og hadde lagt meg hendte noe uhørt. Jeg fikk ikke sove. Tankene på Sid ga meg ikke fred. Bildene flakket på netthinnen. Jeg så ham full av livsglede og pågangsmot. Rasende når ikke alt gikk som det skulle og overstrømmende lykkelig når vi hadde vind i seilene. Med sin intelligens og enorme arbeidskraft hadde han nådd dit han var i dag. Og at jeg hadde min posisjon hadde jeg kun Sid å takke for. Han var den første som hadde trodd på meg.

Jeg gjenopplevde de hyggelige stundene vi hadde hatt sammen når våre veier tilfeldigvis hadde krysset hverandre. Kvelder på The Blue Mountain Inn på Jamaica, en kinesisk restaurant i Panama, en ranco utenfor byen i Bogota hvor vi spiste under trærne omgitt av duften fra helstekt lam og smågris som surret rundt på spidd over glødende kull. Uansett hvor opptatt han var hadde Sid alltid klart å ordne det slik at vi fikk en kveld for oss selv. To gode venner som trivdes i hverandres selskap, uten mer snakk om romantikk og den slags etter den første kvelden da han kom for å finne meg hos Monica og Vernon.

Men hvorfor …? Hvorfor hadde han funnet som eneste utvei å ta livet sitt på en så dramatisk måte? Han som var på toppen av hierarkiet, Mr. Mayers høyre hånd og av mange regnet som arvtageren som president om og når han fant det for godt å trekke seg tilbake.

Ingen av disse spørsmålene fikk jeg noen gang svar på, men én ting sto klart for meg: The Company var en farlig herre å tjene.

Det var ikke så lenge siden en av våre salgssjefer i Mellom-Amerika hadde vandret heden ved å kjøre sin motorbåt for full fart inn i en fjellvegg. En på overflaten vellykket mann med kone og to barn. Jeg kjente dem godt. Ofte hadde jeg vær på besøk på hytta ved innsjøen hvor han dro ut på sin siste ferd.

Rachel, Juan og nå Sid. Det begynte å bli mange. Jeg lovte meg selv å forlate i tide før arbeidspresset ble for stort. Før også jeg overtrøtt, deprimert og trøstesløs kun så en utvei. Den siste for å slippe unna presset.

Det var faktisk det mest fornuftige jeg tenkte på på lenge. Klokke fire sto jeg opp. Ingen vits i å ligge der å svartmale. Jeg benyttet tiden til å lese gjennom arkene med mine framtidige oppgaver, og klokka seks bestilte jeg en durabelig frokost. Hugo hadde ringt meg et par-tre ganger for å høre hvordan det sto til, om jeg hadde det bra, hvilket jeg forsikret ham om.

«Ingenting blir forandret, vi setter i gang i morgen som planlagt.»

Jentene jeg møtte var en fin gjeng. Det var de som skulle betjene baren dagen etter og kunne nå betegnes som ekte makeupartister. Programmet på fjernsynet gikk som kjepper i hjul. Jeg følte meg oppesen til tusen. Kun med en forskjell. Jeg var liksom ikke til stede. Det var fra oven jeg betraktet hva jeg sa og gjorde. En merkelig følelse.

Ved åpningen til den allerede berømte Beauty Bar-en var det direktøren som klippet båndet for at den ventende køen av kvinner skulle slippe inn. Sid hadde forlatt alle sine plikter. Og jeg sto på plass sammen med de ti andre i samme uniform for å ønske alle velkommen – og sette i gang.

Her skulle jeg være som trekkplaster fram til klokken tolv da andre gjøremål ventet. Men de måtte vente lenge på meg, for ikke lenge etter sprang bomben som skulle gjøre foreløpig slutt på karrieren min.

Plutselig sa det Pang! Svart røyk bredte seg over undertøysavdelingen som lå ved siden av vår. Redde skrik flerret luften. «Fuera todos, rapido, bomba!» (Alle ut, raskt, bombe!)

Jeg løp ut sammen med de andre, og det er det siste jeg husker. Om attentatet var mislykket eller bare var for å skremme, sett fra terroristenes synspunkt, vet jeg ikke. Ingen døde, ingen ble såret. Men for mine tynnslitte nerver var det dråpen som fikk mitt overfylte glass til å flyte over. Mine «nerver av stål» som jeg var så stolt over hadde sviktet meg. Det hører med til historien at senere ble det amerikanskeide Sears sprengt i luften.

«Jeg vil ikke gå inn dit. Det er mørkt der», sa jeg til far. Jeg var tilbake i den gamle leiligheten over lensmannskontoret og sto foran lysbryteren til rommet mitt. Jeg var for liten og rakk ikke opp.

«Du må ikke være redd for mørket, Bettymor», sa far. «Det er bare dagen som sover.» Han tok meg i hånden og førte meg inn i det mørke rommet og viste meg at der var det ingenting å være redd for.

Det var en god drøm, og slik var også alle de andre som holdt meg med selskap mens jeg lå og druntet salig.

Før mannen som satt ved siden av sengen min oppdaget at jeg var til stede blant de levendes rekker hadde jeg gløttet på et øye og tatt inn både ham og omgivelsene.

Jeg var på et sykehus. Rommet var lysegrønt, og på hver side av sengen var det rigget til glassballonger med tynne slanger som endte i en spiss i mine armer og håndbaker, holdt på plass av plaster. Han som jeg tok for å være lege var ung og tynn med briller og uryddig hår som strittet til alle kanter.

«Her er jeg, hva feiler det meg ...?»

«Egentlig ingenting», øyensynlig forfjamset over min plutselige oppvåkning betraktet han meg skarpt. «Vi har tatt alle nødvendige blodprøver mens du sov. Hva din fysikk angår er alt i orden. Vår diagnose går ut på at du er overarbeidet og har et «nervous break down».

«Snakk spansk til meg», sa jeg grettent. «Kan jeg nå få lov til å sove videre ...?»

Jeg sov og sov, kun avbrutt av sykepleieren som kom med mat iblant, for så på nytt å forsvinne inn i min egen verden hvor alt var deilig og fredelig.

Hva som var drømmer når jeg sov, eller hva som var minner fra virkeligheten når jeg lå i ørske er ikke godt å si, men alltid dreide det seg om min sjel. Ingenting av alt det vonde som senere skulle komme til å skje fikk være med. Det var mitt indre vesen som kun ville befatte seg med hyggelige saker, for å få meg på beina igjen, eller min skytsengel som mente at nå fikk det være nok og tok affære.

Foreløpig sitter jeg i en sinkbalje med vann på plenen ved siden av et rosebed. Når jeg plasker fyker skinnende dråper i været, men når jeg forsøker å fange dem blir de borte. Rundt meg sitter fire mennesker på hvitmalte hagestoler. Det er mamma og pappa, bestemamma og bestepappa. Alle er glade og snakker med hverandre, ingen røster er sinte på grunn av krig og politikk.

Mamma tar meg opp og tuller meg inn i et håndkle og plasserer meg på pappas fang. Det er der jeg helst vil være, med armene hans rundt meg. Og når han rusker meg i håret og kaller meg gullknoppen sin, er det toppen av salighet. Bestepappa ler og buldrer og lar meg få leke med klokkekjedet på den store magen hans. At han blåser sigarrøyk i fjeset mitt liker jeg mindre, men så lenge han vil leke, gynge meg kraftig opp og ned på fanget sitt, finner jeg meg i det. Av bestemamma dufter det deilig, en lukt jeg ennå i dag over 70 år etter kan kjenne igjen når som helst og hvor som helst. (Eau de cologne 4711). Hennes kjoler er også gjenstand for stor oppmerksomhet fra min side. De er fulle av små blomster i mange farger som jeg har moro av å plukke på.

Andre ganger sitter vi ved tennisbanen og ser på mine hvitkledde «tanter» og «onkler», venner av familien, som løper fram og tilbake etter en ball og roper game og play.

Juler er det mange av. Under treet ligger hauger av pakker og bestemamma spiller på pianoet. Personlig er jeg alltid mer eller mindre syk julekvelden fordi jeg har proppet i meg for mye kaker og søtsaker. Uten at det gjør noe, for jeg ligger på sofaen, trygt forvart bak pappas rygg.

«Hola», pep jeg til den urørlige skikkelsen ved vinduet. Skulle denne spinkle klagen liksom være min røst …?

«Hola», gjentok jeg, denne gangen med bedre resultat. «Her er jeg.»

Hugo kom bort til sengen og strøk meg forsiktig over pannen.

«Vi har vært engstelige for deg», sa han lavt. «Legen sier at du har vært meget syk, Hva var det egentlig som skjedde …?»

«Alt og ingenting. Jeg visse det ikke selv, og følte meg skyldbevisst fordi jeg ikke var på jobb, uten å kunne gi en god forklaring. Men bare tanken på ordet jobb fikk tårene til å piple fram.

«Bare hvil deg du», sa min gamle venn. «Jeg er snart tilbake.» Noen dager senere kom den sympatiske unge legen med det uryddige håret og dro meg opp i sittende stilling etter å ha befridd meg fra slanger og nåler som bandt meg til sengen. Det bekymret meg litt. Alt utstyret som hang fra oven hadde jo bevist for all verden at jeg virkelig var syk og at ingen kunne kreve noe av meg.

Forsiktig, forsiktig subbet jeg rundt i rommet støttet til armen hans. Nesten andektig ble jeg, blendet av solen da han førte meg ut på balkongen.

«Er Hugo her fremdeles», ville jeg vite.

«Señor Sanchez ...? Joda, han er her. Han venter bare på at du blir bra nok til å prate med ham. Husker du at dere snakket sammen?»

«Naturligvis gjør jeg det», sa jeg overlegent. Overbevist om at jeg begynte å bli meg selv igjen. Men da Hugo kom var jeg ikke fullt så oppesen lenger. Da han sa at Sydneys selvmord var et sjokk for oss alle begynte jeg å strigråte og han gikk over til neste tema.

«Legene som har undersøkt deg beordrer minst tre måneders hvile for at du skal komme deg på beina igjen. Mr. Mayer og jeg har diskutert saken og er blitt enige om at vi i den tiden vil betale deg full lønn pluss per diem (dagpenger), pluss en måneds feriepenger. Din ferie sammen med barna dine står jo også snart for døren.

«Spørsmålet er nå: hvor vil du tilbringe din rekonvalesens? I en villa på Bahamas eller på en eller annen øy hvor du er kjent. Du kan velge og vrake. Foretrekker du et hotell er det OK for The Company. Vi betaler alle utgiftene og dine barns reiser fram og tilbake fra Frankrike.»

I den siste tiden hadde jeg bebreidet The Company for mye, men nå var de utrolig fine mot meg.

«Nei», sa jeg uten å behøve å tenke. «Jeg har gamle, gode venner i Guatemala som vil ta imot meg med åpne armer. Det er dit jeg vil. De bor langt uti huttiheita og hos dem vil jeg få rolige dager.»

«Guatemala! Jeg har truffet en herre på hotellet som også er fra Guatemala. Han sier at han kjenner deg godt og vil gjerne besøke deg. Vil du treffe ham …?»

«Før ham inn», befalte jeg på dronningvis. Jeg visste allerede hvem det dreide seg om, mannen i den grå dressen som alltid hadde befunnet seg hvor jeg var. Hugo forlot meg for å la meg tenke over saken.

Få minutter senere kom Carlos inn i mitt liv. Han kysset meg på hånden og la rosene på sengen før han gikk rett på sak.

«Señora Sanchez har fortalt meg at du har til hensikt å tilbringe noen måneder i Guatemala. Jeg eier et gammelt hus i Chatapango som jeg nesten aldri bruker. Det står tomt mesteparten av tiden, men jeg har en gammel indianervenn som tar seg av alt og en kokke som lager god mat. Naturen er vidunderlig, og jeg har fire hester som bare venter på å bli brukt. Landsbyen hvor huset ligger er kun en halvtimes flytur fra hovedstaden. Du har sikkert ikke hørt om den før, men den ligger oppi fjellene omgitt av kaffeplantasjer.»

«Mitt tilbud til deg er altså at der kan du få bo så lenge du vil, alene eller sammen med barna dine (jeg ble litt ergerlig på Hugo som hadde vært svært så løsmunnet). Selv kommer jeg ikke til å forstyrre da jeg har mitt kontor og en leilighet i byen. Som du kanskje har oppdaget, hvis du i det hele tatt har lagt merke til meg, reiser jeg meget. Jeg driver i kaffebransjen.»

Det var klar tale, tilforlatelig og forretningsmessig. Altså hadde jeg fantasert da jeg trodde at han fulgte etter meg. Carlos var en forretningsmann blant mange andre, og da Hugo som han hadde gjort til sin venn fortalte at jeg trengte et sted for å hvile ut så han anledningen til å tilby et rolig sted langt oppi fjellene. Kanskje en stor eiendom siden han også viftet med hester. Siden det var The Company som skulle betale alt falt det meg ikke inn å spørre om prisen.

Da jeg diskuterte saken med Hugo, var han hundre prosent for.

«Jeg er ikke i tvil», sa Hugo. «Dette er akkurat hva du trenger, fred og hvile langt fra folk. Det er telefon der (alt han visste!), men jeg lover å kun bruke den i nødstilfelle.»

Det var løftet om hester som gjorde utslaget. Tanken på igjen å se ungene mine på hesteryggen, ville og yre av glede. Begge var blitt fremragende ryttere i Paraguay da de travet av sted til skolen uten sadel.

CHATAPANGO

Som en perle lå landsbyen der. Et kostbart smykke i et etui av grønn fløyel. Bebyggelsen var lagt blant frodige åser. Oppover høydene klatret små hvite boliger. I bunnen av dalen lå ærverdige bygninger fra kolonitiden i en firkant, og en kirke. Langs en kronglete vei avbrutt av trappetrinn iblant sto et lite kapell, avslutningen på en korsvei.

Det var et betagende syn. Fargene, den knallblå himmelen, det irrgrønne landskapet, bygningene som skinte som marmor i solen, de gilde fargene på draktene til kvinnene som vandret veilangs … Aldri hadde jeg sett noe vakrere.

Carlos lot det lille flyet sirkle lavt flere ganger for at jeg riktig skulle få nyte synet før han gikk inn for landing på en gressmatte som gjorde tjeneste som flystripe.

Joda, det var han som satt ved spakene. Min forundring hadde vært stor da vi ankom med ruteflyet fra Caracas, og han forkynte at nå behøvde vi i hvert fall ikke å vente for han hadde sin egen lille Cessna som sto klar til avgang. En ting var klart. Denne karen måtte selge uhorvelig mye kaffe!

På reisen nordover hadde vi pratet litt om bøker og musikk og om Frankrike som han kjente godt, men stort sett lot han meg være i fred. Jeg begynte å finne ham sympatisk. Dannet og kultivert på en stillferdig måte. Av utseende var han det jeg velger å kalle alminnelig, langt ifra de feiende flotte karene jeg hadde truffet på min vei og som jeg hadde avstandsforelsket meg i, uten å gidde å gjøre mer med saken da jeg hadde for mye å gjøre. Han minnet meg faktisk om Mr. Mayer som også var intetsigende på overflaten før man oppdaget de sterke øynene.

Sito, kanskje den viktigste mannen i mitt liv, sto og ventet på oss ved flystripen. En bitte liten indianer kledd i hvitt med et rynket fjes.

«Dette er Sito, min venn fra barndommen. Vi vokste opp sammen», presenterte Carlos. En venn som også ble min og da det røynet på som verst reddet livet mitt.

«Bienvenido Señora, jeg ønsker deg alt godt.» Vi ga hverandre hånden på det. Huset som jeg var blitt forespeilet var et helt kvartal. Tre tykke murer med gittervinduer vendte ut mot gaten, avbrutt av en diger dobbeltdør med utskjæringer og en mindre dør ved siden av. Den fjerde siden lå mot baksiden av kirken. Bygningen i hesteskoform var lav og massiv i spansk kolonistil med søyleganger rundt patioen. Værelsene lå på rekke og rad, alle vendt mot, og med utgang til plenen og den overdådige blomsterprakten. De tre stuene hadde dører seg imellom, mens soverommene var adskilte. Fire stykker med hvert sitt bad hvor man måtte gå ut for å komme fra det ene til det andre. Den siste fløyen hadde kjøkken, grovkjøkken, anretning og rom til tjenestefolkene. Alt var stort, veldig stort.

«Jeg håper du ikke har noe imot at jeg spiser sammen med deg i kveld», sa Carlos.

«Nei, langt ifra, bare hyggelig.» Og jeg mente det. Spisestuen var stor og streng med en gedigen verdighet. Skapene var fulle av blankpusset sølv, og på veggene hang bilder av anene fra

Lübeck. De modige menn som hadde begitt seg ut i en fremmed verden, og som hadde skapt Carlos sitt lille imperium.

Sito hadde dekket med hvit, stivet og nystrøket duk, blomster på bordet og levende lys i store sølvkandelabre. Slik han var blitt opplær til, på den europeiske måten. Slik han fortsatte å gjøre det hele tiden jeg var godseierfrue i Chatapango. Det var hans gebet og jeg blandet meg aldri borti det.

Ennå hadde jeg ikke truffet Socorro, kokka, men at hun var en mester i faget fikk jeg oppleve allerede denne første kvelden. Sito var den perfekte hovmester, nå i mørk dress og hvit skjorte med tversoversløyfe.

Han skiftet tallerkener og skjenket i nye viner passende til rettene som ble servert. Nok en gang slik han var vant til, slik det alltid hadde vært siden han begynte å tjene i familien.

Vi satt med desserten da toner fra et marimbaorkester strømmet inn.

«Jeg har bedt dem komme for å ønske deg velkommen», sa Carlos. Vi gikk ut for å se på musikantene, alle iført sine tradisjonelle drakter som hamret i vel på sine instrumenter. Det var morsomt å se på dem, men jeg likte ikke de skarpe tonene.

«Kan dere noe meksikansk ...», spurte jeg.

«Joda, det kunne de. Og så smalt det i vei med Las Mañanitas. En sang som handler om en tidlig morgen da kjæresten står foran sin elskedes vindu og gratulerer henne med fødselsdagen.

Og jeg sang med av mine lungers fulle kraft, inntil Carlos tok meg under armen og førte meg inn i biblioteket. Kanskje trodde han at jeg var full, men det var jeg ikke. Jeg var kun opprømt og glad. Det var lenge siden sist.

Biblioteket var koselig med slitte komfortable møbler i duse farger. Det var fyr på peisen, et ritual Sito holdt i hevd selv på de varmeste dagene. Veggene var dekket av gamle klassikere bundet inn i skinn, oversatt eller skrevet på tysk. De sto der slik de hadde stått i mange år, vel polerte i stramme rekker. Men ingenting var på spansk. Det forundret meg litt. Carlos hadde fortalt meg at hans mor var guatemalteker, men så var hun kanskje ikke av den lesende sorten. En perfekt husmor som tok sine plikter alvorlig og ikke hadde tid til mer. Med min interesse for bøker slo det meg også at her fantes ingenting av nyere, moderne litteratur til dagligdags bruk.

Hva Carlos leste oppdaget jeg først lenge etterpå da jeg en dag gikk inn på rommet hans for å hjelpe Sito med å gjøre rent. I hans personlige hyller sto det bøker på mange språk som alle omhandlet heksekunster og svart magi. Hadde jeg vært mindre naiv burde dette ha fått en bjelle til å klinge, men det gjorde den ikke. Jeg tok hans underlige smak i overjordiske krefter for å være en hobby som hvilken som helst annen.

I det hyggelige rommet som jeg ble glad i fra første stund sto trallene med kaffe og konjakk som Sito hadde trillet inn. Carlos plukket fram Carmina Burana av platebunken, og da den var over svitsjet han over til nyhetene på fjernsynet.

«Det var slik jeg ble kjent med deg», sa Carlos. «Det var på fjernsynet jeg så deg for første gang. Du var som et friskt pust fra omverdenen. Du brakte meg tilbake til Europa og Skandinavia. At jeg helt tilfeldigvis befant meg i Caracas og traff Señor Sanchez da du var syk kan jeg bare takke skjebnen for. Uten fru Fortuna som smir sine renker hadde jeg vel aldri hatt gleden av å se deg i mitt hjem.»

«Tilfeldigvis at du befant deg i Caracas ...» Nå visste jeg at han løy. Han *hadde* fulgt etter meg fra land til land. Uten å utdype spørsmålene om alle «tilfeldighetene» nippet jeg til glasset med konjakk, slappet deilig av mens jeg betraktet flammene fra peisen.

«Liker du Beethoven ...», spurte min vert plutselig. Jeg nikket og tenkte at han ville sette en ny plate på platespilleren. Men da tonene fra Appassionata strømmet inn i biblioteket skjønte jeg at dette var ekte saker. Det var Carlos som spilte på flygelet i salongen. Da pianisten i rommet ved siden av gikk over til Liszt, listet jeg meg forsiktig inn i storstuen for å beundre de flinke fingrenes løp over tangentene. Da han fikk øye på meg stoppet han brått.

«Dette var min mors rom», opplyste Carlos. «Jeg bruker det aldri. Jeg har latt det stå akkurat slik det var siden hun døde for to år siden.»

«Jeg kom bare inn for å ønske god natt og takke for en hyggelig kveld», sa jeg litt betuttet over å ha avbrutt konserten.

Jeg trakk meg tilbake fra den innestengte stuen og inn i den lune peisestuen hvorfra jeg kunne gå ut i svalgangen og inn til meg selv.

«Du kunne ha brukt døren fra stuen inn til soverommet ditt, men du så den kanskje ikke? Det ville ha spart deg for noen skritt.» Naturligvis hadde jeg ikke sett den. Den eneste lyskilden befant seg i en lampe på flygelet hvor Carlos satt og spilte uten noter.

«Nå skal jeg ikke belemre deg mer med mitt nærvær før barna dine kommer», sa han så, og da skal jeg bringe dem til deg.»

«Tusen takk», sa jeg pent, mens jeg i mitt indre beskyldte Hugo for å være ei sladrekjerring. Carlos kysset meg på hånden, høflig og belevent fulgte han meg til døren, men jeg følte at han var blitt lei seg. Trist.

I det jeg gikk inn til meg selv kom Sito farende. Ville jeg ha frokosten servert i spisestuen eller på rommet?

«På rommet klokken åtte, hvis det ikke er for tidlig.»

«Det skal være meg en glede, Señora.»

Dagen etter var det lyden av en tralle som kom trillende under buegangene som vekket meg. Det var Sito på vei fra kjøkkenet med frokosten min. Det var langt å gå da kjøkkenet lå i motsatt ende av mine gemakker i det langstrakte huset.

Etter å ha banket på døren tok han seg god tid med å trekke dobbeltgardinene fra vinduene med smijernsgitter som vente ut mot gaten hvor det sjelden eller aldri fantes trafikk, hverken av folk eller biler. Av den gode grunn at det kun fantes tre biler i Chatapango og at to av dem, en Jeep og en Ford, tilhørte Carlos.

Men ennå var han ikke ferdig. Det var ikke før han hadde ristet putene mine og forsikret seg om at jeg satt bekvemt at han plasserte et brett med bein over fanget mitt og trillet bordet på plass ved siden av sengen. Det var te og kaffe under små bluss, nystekte tortillas, egg, sprøstekt bacon og frijoles (svarte bønner). Alt under lokk for å holde seg varmt.

«Du skjemmer meg bort.» Jeg begynte å forsyne meg. Sito ble stående hvor han var. Det gikk opp for meg at han ville si noe. Det er lett å være etterpåklok, men nå vet jeg at han holdt sitt livs store tale ved sengekanten min den tidlige morgenen. Min første på Chatapango. Ikke for å redde meg som han knapt kjente, men for å hjelpe sin husbond og gamle lekekamerat ut av uføret han befant seg i. Noe vi skal komme tilbake til senere.

«Jeg vil nok en gang få lov til å ønske deg hjertelig velkommen hit til oss, Señora», begynte han. Hans spansk var gammeldags og høytidelig. Språket hans var jo kekchi. Det var det han var vant til, og som han også snakket sammen med Carlos.

«Det er ikke godt for en mann å være alene», fortsatte han. «Don Carlos er meget ensom etter at doña Francisca døde.» Jeg antok at det var hans mor. «En mann trenger en kvinne ved sin side.» Jeg benyttet en liten pause mens Sito tenkte seg om til å spørre om Carlos aldri hadde vært gift. Et glimt av et eller annet som jeg ikke klarte å tolke kruset seg over det uutgrunnelige ansiktet hans …

«Gift …, nei, don Carlos har aldri giftet seg.» Dermed ønsket han meg god appetitt og forsvant mens jeg satt igjen med følelsen av å ha avbrutt hans tankegang med spørsmålet mitt.

Hva jeg fikk ut av Sitos betroelse var at han savnet en kvinne i livet etter at doña Francisca døde. At Carlos var ensom og at det var moren som hadde forhindret ham i å gifte seg. Noe annet syntes utenkelig for en rik, sjarmerende ungkar i sin beste alder.

Jeg badet dovent og lenge og tok på meg langbukser og skjorte, uten tanke på makeup og frisyre. Bare *det* ga en herlig følelse av frihet.

Spent gikk jeg inn i Franciscas salong. Jeg var blitt nysgjerrig på denne kvinnen som øyensynlig, slik jeg trodde da, hadde hatt sønnen i sin makt. Båndene som knyttet dem sammen, måtte ha vært sterke ... Kanskje var det derfor Carlos hadde virket så trist kvelden før da han hadde sittet og spilt i hennes stue. Minnene hadde vel overveldet ham. Jeg gikk rundt i det halvmørke, enorme rommet hvor det luktet innestengt. Jeg trakk gardinene til side, åpnet vinduer og skodder. Synet som møtte meg, stemte over hodet ikke med hva jeg hadde forestilt meg. At støvet lå tykt over alt var bare naturlig siden rommet hadde stått ubrukt i to år, men det var heslig, nesten uhyggelig.

I det ene hjørnet sto en stor seng. I resten av rommet var møbler, stoler og bord, sannsynligvis brakt hit fra Tyskland i begynnelsen av 20-årene, plassert tett i tett nesten så det var umulig å komme fram. Det minnet faktisk om et lagerrom med gammelt skrap som ventet på å bli tømt. Det eneste som fortalte at det hadde bodd et menneske her var dusinvis av heklede duker som var lagt omkring på alle mulige og umulige steder.

Det var langt ifra slik jeg hadde forestilt meg doña Franciscas domene. Det slo meg at hverken her eller i de andre stuene fantes ikke en eneste antikvitet, et vakkert utskåret møbel av indiansk opprinnelse, kunstneriske tepper i gilde farger, forseggjorte helgenfigurer skåret ut i tre. Ting man fremdeles kunne finne her langt oppi fjellene midt i indianerland når man dro omkring, og som det sikkert bugnet av for ikke så lenge siden før amerikanske turister oppdager lekkerbiskenene. I dette huset så det ut som alt som hadde med innvånerens kultur å gjøre ikke eksisterte.

Jeg sto og så på alt og tenkte på det merkelige jeg hadde oppdaget da Sito plutselig sto ved siden av meg. Han gikk alltid barbent, unntatt når han serverte middagen.

«Det var her doña Francisca tilbrakte de siste tjue årene av sitt liv. Og det var i sengen hun satt og heklet ...», fortalte han raskt før han forsvant like lydløst som han hadde kommet.

Tjue år! Den sterke personligheten, den mektige husfruen forsvant fra mitt indre. Nå så jeg for meg et dypt ulykkelig kanskje sykt menneske som hadde trukket seg tilbake fra verden og som fylte tomrommet i sitt liv med å hekle.

Noen måneder senere da jeg hadde gitt mitt «ja» til Carlos, fortalte han meg om sin mor. Mine siste antagelser viste seg riktige. Hun hadde vært «syk på sinnet» så langt tilbake han kunne huske. Videre fortalte han meg at hun var indianer og at hans far hadde giftet seg med henne da han som ung mann kom fra Tyskland til Chatapango. Carlos mente at sykdommen hennes skyldtes at hun var sterkt religiøs og overtroisk, uten å finne seg til rette, usikker på hvor hun hørte til. I forfedrenes gamle tro med sine ritualer og magi som hun var oppvokst med, eller den nye katolske lære som conquistadorene hadde brakt med seg.

Selv var han blitt fostret opp av en «kvinne av mayafolket» som han uttrykte det, alle hans barndomskamerater var barn fra landsbyen, men da han var 12 år sendte faren ham på kostskole i Guatemala by. Og deretter til Tyskland for videre utdannelse og for å sette seg inn i sin fars forretninger hvor han ble i mange år.

Dette trodde jeg ga meg svar på alle de meget spesielle bøkene jeg hadde oppdaget på Carlos sitt soverom (hans mors, naturligvis!), og at hun var blitt syk, dratt mellom to kulturer, mente jeg også å forstå.

Det kostet Carlos mye å fortelle meg alt dette, og at han følte seg hundre prosent europeer til tross for sin blandede herkomst var det viktigste. Han kunne jo ikke vite at for meg etter å ha arbeidet så mange år i Sør-Amerika var folk folk (fars utrykk) uansett gener, hudfarge og religion.

At jeg på dette punktet, i hvert fall i dette tilfellet, skulle ta skammelig feil som så mange andre ganger vil resten av historien vise.

Sito var husets alfa og omega. Han var Carlos sin kammertjener og som før nevnt den perfekte hovmester. Med fast hånd dirigerte han kokka Socorro og stuepiken Manola som alltid var kledd i egnens vakre drakter, men selv brukte han hvit skjorte og bukser, nyvasket og nystrøket hver morgen som luktet godt av soltørket tøy. Han foretok alle innkjøp og bestemte hva som skulle tilberedes til dagens måltider. Det vil si inntil jeg kom inn i bildet. Fra da av spurte han meg hver kveld om hva jeg kunne tenke meg å spise dagen etter så han visste beskjed før han gikk til markedet ved morgengry. Han var altså jevnaldrende med Carlos, men så mye eldre ut. Hans brune, magre ansikt hadde linjer på kryss og tvers, kanskje merker etter alt han hadde hatt og fremdeles hadde å stri med. Han var lukket og fåmælt og beveget seg raskt og lydløst på knudrete brune føtter. Senere da Carlos og jeg begynte å be kjente til gårds tok han på seg sandaler også utenom måltidene. Han visste hva som høvet seg.

Jeg forlot det rare rommet og gikk ut til solen og livet som jeg nå skulle nyte i fulle drag tre måneder til ende. Øyeblikkelig var Sito på pletten.

«Don Carlos har fortalt meg at du liker å ri, skal jeg hente en hest til deg?»

«Kanskje det», svarte jeg. «Men den må være rolig (manso på spansk). Jeg hadde ikke sittet på hesteryggen siden Paraguay og var usikker på mine ferdigheter som aldri hadde nådd de store høyder, i motsetning til mine barn som kunne ri som gauchoer uten sadel og en taustump til tømmer.

Hesten Sito brakte meg var gylden med mørk man og mørke sokker rundt anklene. Hva den het før vi ble kjent visste jeg ikke, men fra da av ble den hetende Manso. Den var et klokt dyr som skjønte at jeg var uerfaren og tok hensyn til det. Sto urørlig når jeg kløv opp eller skled ned av hesteryggen, diltet og småtravet etter som det passet og framfor alt stoppet når jeg ville. Manson ble min hest, og jeg lånte den aldri bort til noen. Ikke en gang til mine egne barn. Min gylne ganger og jeg ble perlevenner fra første stund.

At Carlos var rik på gods og gull hadde jeg forstått, men at han var så uhorvelig rik hører eventyret til. Det finnes en fortelling, kanskje dra Grimms eventyr, om en mann som reiser rundt et eller annet sted i et fruktbart landskap og spør alle han møter: Hvem eier dette. Og alltid får han samme svar: Vår herre Barabbas. (Kanskje det er fra Katten med støvlene?)

Jeg opplevde noe av det samme på min ridetur rundt i omegnen. Jeg behøvde ikke å spørre om noe som helst, jeg merket det ganske enkelt på den ærbødige måten folk hilste på langs veien, eller kom ut for å hilse når vi stoppet for å beundre en kaffeplantasje og en velstelt rancho. «Bienvenida, Señora» (velkommen frue) og «muchos saludos a don Carlos» (mange hilsener til Carlos). Alle lot til å vite hvem jeg var. Trommene hadde gått og fortalt verden at don Carlos hadde en lys, hvit kvinne boende i huset sitt. Da jeg til syvende og sist red ned til landsbyen for å stoppe foran stedets store og eneste forretning hvor man solgte alt fra spiker til kjoletøy for å kjøpe en tube med tannpasta fikk jeg ikke lov til å betale. Don Carlos hadde gitt beskjed om at jeg kunne ta ut alt jeg ønsket av varer. Til og med forretningen var hans!

Fra dag til dag merket jeg at kreftene kom tilbake. Det magre, bleke nervevraket som hadde vært meg for ikke så lenge siden forsvant. Sitos sin kjærlige omsorg og gode mat gjorde meg fet, solen farget fjeset mitt brunt, og framfor alt livsgnisten, gleden over å leve var igjen til stede sammen med optimismen og pågangsmotet.

Den dagen Carlos kom med Alex og Kristin dro jeg med jeepen til flystripen for å hente dem. Carlos holdt seg i bakgrunnen mens vi klemte hverandre, lo og pratet før de for tilbake til det lille flyet for å lempe ut bagasjen og hale den opp bilen.

«Det er flotte barn du har», sa Carlos da han kom fram for å hilse på meg.

Jeg nikket beskjedent og sa at det virket som de trivdes godt i hans selskap.

«Og jeg sammen med dem», tilføyde han.

Da vi et kvarter senere kjørte inn gjennom den store porten ble det plutselig stille i bilen. Synet som åpenbarte seg for ungene mine gjorde samme inntrykk på dem som det hadde gjort på meg første gangen. De lange buegangene som omga den irrgrønne, enorme plenen, den overdådige blomsterprakten, gjorde dem stumme, nesten andektige.

Sito og jeg hadde planlagt en storveis mottagelse. Et marimbaorkester var på plass, denne gangen også med en kar som spilte gitar. Det fordi jeg ville ha med en som spilte litt av hvert, også melodier fra Paraguay og Mexico som ungene mine var og fremdeles er glad i. Sito hadde dekket til ute, og fra morgengry hadde Manola stått og sveivet på et lite lam på spidd som ble helstekt over gropen med glødende kull. Aldri så jeg Sito smile bredere enn da han hilste på barna og oppdaget at han kunne snakke spansk med dem. Han tok dem til sitt hjerte fra første stund, slik han hadde gjort med meg.

Musikken spilte, det duftet av lam og blomster og urter.

«Dette er akkurat som i Paraguay», sa gutten min. Han kom bort og ga meg en klem. Paraguay, nei ikke på langt nær. Så fint hadde vi aldri hatt det, men stemningen var til stede. De hvite veggene, Bougainvillaen som klatret, musikken. Han husket godt villbassen min. Sin sans for skjønnhet, former og farger har han ennå, og bruker sin fritid til å male store, fargesprakende bilder med motiver fra Sør-Amerika som han har på netthinnen, eller fra en øy i Middelhavet hvor vi har et familiested.

Sin vane tro løp han øyeblikkelig av sted for å utforske alt. En selvsikker, modig, fremmelig elveåring på jakt etter nye opplevelser. Kristin som nå var 14 år var mer beskjeden og tilbaketrukken og fulgte med sin bror. Til tross for aldersforskjellen var han den mest voksne av dem. Den som visste og den som bestemte.

Carlos og jeg satt oss i kurvstolene med hver vår drink mens vi småpratet om dette og hint. Han fortalte at Hugo hadde ringt ham et par ganger for å høre hvordan det sto til med meg, og at så langt han visste hadde jeg det bra. Han på sin side hadde hatt kontakt med Sito over telefonen. Men meg var det ingen som forstyrret.

Deretter spurte han om han kunne bli til dagen etter og tilbringe dagen sammen med oss. Naturligvis kunne han det. Jeg hadde nesten glemt at jeg, det vil si The Company, leide huset og at jeg var konge på haugen.

Det ble en stjernekveld, en av de få som er forunt oss i vår tid på jorden. Vi gomlet sprøstekt kjøtt og sang de kjente melodiene med tekster som vi kunne utenat. Carlos som ikke i hele sitt liv hadde sunget en vise, humret med. Kristin som har en vakker stemme brukte den for en gangs skyld uten forbehold. Og da hun reiste seg og deklamerte et vers hun hadde lært på skolen: «Yo soy paraguayita, no niego mi nacion, a papa doy un beso, a mama mi corazon» var det så jeg kunne grått av glede. Enkelt oversatt betyr det at hun er en liten jente fra Paraguay som elsker sitt land, at hun kysser sin far og gir sin mor sitt hjerte.

Jeg fulgte mine kjæreste skatter inn på hvert sitt rom, pakket dem godt inn under teppene og kysset dem god natt. Da jeg kom ut begynte også jeg å føle meg sigen og sa til Carlos at også jeg ville gå til sengs.

«Takk for en vidunderlig dag! Takk for at jeg fikk oppleve deg sammen med barna dine!» Han reiste seg og kysset meg på hånden.

Tidlig, tidlig neste morgen ble jeg vekket av to varme kropper som krøp opp i sengen til meg, en på hver side. En stund lå vi og koste oss med å klø hverandre på ryggen, men så var det også slutt på min sønns tålmodighet.

«Jeg har vært på kjøkkenet og snakket med Sito. Han sier at du pleier å spise frokost på sengen, så jeg ba ham bringe inn mat til tre. Er det i orden …?» Han så spørrende på meg, og på utrykket mitt skjønte han at det var det.

Lyden av Sitos knirkende mattralle fant veien inn til oss.

«Hva er det?» spurte Kristin.

«Det er Sito som kommer med maten», opplyste jeg.

«Hjulene trenger olje», sa Alex. Jeg skal snakke med Sito om det. Han var allerede den som ser alt og vet hva som kan gjøres for å få orden på alt som ikke fungerer som det skal.

Men frokosten fant han ingenting å si på. Sito plasserte det store brettet med bein over mine knær, barna fikk hvert sitt uten bein og gikk i gang med å servere. Vi var akkurat ferdig med den veldige morgenmaten da Sito kom inn på sin stillferdige måte.

«Hva ønsker fruen til middag?» Han mente måltidet som blir inntatt midt på dagen. «Jeg har kjøpt fine kyllinger og har fått fatt i møre entrecotes.»

«La oss ta kylling til middag og entrecotes til la Cena (kveldsmåltidet)», sa jeg.

«Kan vi grille dem ute?» spurte Alex. Igjen var han tilbake i Paraguay hvor vi gjorde det de gangene jeg hadde råd til å kjøpe kjøtt og stekte det ute.

«Jeg kan godt hjelpe deg hvis du vil, for det kan jeg», sa Alex selvsikker som alltid.

Da dagens meny var i havn sa Sito at han hadde snakket med karene som tok seg av stallen og hestene, og bedt dem bringe to nye hester pluss min Manso til huset om en times tid. Og også, denne gang meget bestemt, at han forventet at vi skulle være tilbake klokken to da han skulle servere middagen. Det hadde han fra sin tyske oppdragelse. Ingen slinger i valsen når det gjaldt tid.

Alex døpte sin hest Sleipner etter Odins ganger. Den som levde av honning og mjød og hadde åtte bein. Kristins het først Pegasus, hesten med vinger som ble født i havet, men da hun oppdaget at broren hadde gått inn i norsk mytologi og funnet Sleipner ble Pegasus omdøpt til Odin, den største av alle innvånerne i Valhall. De kranglet litt om dette. Alex mente at hun ikke kunne kalle en hoppe Odin, og til slutt ble de enige om Valkyrien.

Det som moret meg var at de fremdeles husket historiene jeg fortalte dem da vi bodde i Paraguay, da vi satt sammen om kvelden ..., uten fjernsyn, kun med hverandre til selskap og underholdning.

Navnene de valgte til sine stolte gangere var naturligvis tilfeldig, men Alex så ut som og oppførte seg til dels som en beboer av vår gamle gudeverden, slik vi forestiller oss dem. Han var lys og kraftig, sikker på seg selv og sine egne krefter og kampberedt når det gjaldt.

Kristin var usigelig vakker med gyllent hår som flommet nedover skuldrene hennes og som glimret av tusen stjerneskudd når solen tok fatt i manken hennes. Hun hadde store, grønne øyne som fortalte mer enn hva hun sa. Når man traff henne for første gang kunne hun virke mild og medgjørlig, men det var bare utenpå. Innvendig var hun like steil og egenrådig som sin bror og med en sterk vilje.

Egentlig var de veldig like, disse to som jeg hadde født og rømt av gårde med. Med en stor forskjell, Alex gikk alltid rett på sak uten å være redd for konfrontasjoner. Kristin gjorde det på sin måte, var mer forsiktig og oppnådde akkurat det samme ad mer finurlige veier.

Det blir påstått av folk som skriver om slikt at dette er kvinners vis for å oppnå det de vil, uten at jeg kan uttale meg hverken for eller mot. I dette tilfellet ligner jeg mer på Alex eller han på meg. Vi buser fram og sier det vi har å si uten tanke på konsekvensene, med mer eller mindre godt resultat.

Carlos var forsvunnet ved morgengry i sin lille fireseters Cessna. Da barna lurte på hvor det var blitt av ham forklarte jeg at han kun var husvert og at det var The Company som leide eiendommen. Per brev hadde jeg fortalt dem at jeg hadde vært syk uten å fortelle at jeg hadde vært riv ruskende gal. Det var unødvendig slik jeg så det. For dem ville jeg være den urokkelige pilaren som alltid ville være med dem, alltid til å stole på.

Når jeg begynte å arbeide igjen skulle jeg forlange en fridag i uken. Jeg ville heller ikke ha oppdrag den dagen jeg ankom, og når jeg hadde TV om kvelden ville jeg ha fri om ettermiddagen. Nå som «mine» land var vel organiserte mente jeg at mine ønsker ville bli imøtekommet uten problemer.

At jeg på nytt begynte å tenke jobb tok jeg som et sunnhetstegn, men var glad for å ha to måneder foran meg hvor dagene bare kunne flyte uten å gjøre et skapende grann.

Uken som fulgte, var vidunderlig. Lange turer til hest, Sitos niste midt på dagen ved siden av den lille elven hvor vi badet, kvelder foran peisen med musikk på platespilleren, høytlesning av Kristin og meg, triumviratets «intellektuelle» som fikk Alex til å sovne av kjedsomhet når lektyren ikke passet ham.

Jeg fortalte ungene mine om mine/våre fremtidige planer. Om et år kunne vi flytte til Norge. Tomten var kjøpt, de hadde sett den sammen med meg sist vi var i Norge, og vi hadde penger nok til å bygge et hus. Det gjensto kun for meg å tjene nok til inventar og litt ekstra før jeg fant noe å gjøre, muligens i den samme bransjen i Norge.

Jeg var ikke redd for at familien i Frankrike ville sette seg imot opplegget. Min svigermor som jeg var meget glad i og som jeg hadde brevskrevet med i alle år begynte å bli gammel. Alex som hverken hun eller faren klarte å hanskes med var blitt sendt på pensjonatskole. Kristin bodde alene i farens leilighet like ved sin bestemor etter at han hadde giftet seg igjen og hadde flyttet inn sammen med sin nye kone.

Som før fortalt hadde vi vært sammen vi tre flere ganger i året. Men denne gangen ble det annerledes. Vi bodde i et hus som vi følte var vårt, ikke et hotell eller pensjonat, men et hjem med stuer og kjøkken og ikke minst Sito som passet på oss ..., og hester.

Vi satt i peisestuen da telefonen kimte. Det var Carlos som lurte på om han kunne komme og tilbringe noen dager sammen med oss. Jeg la hånden på røret og spurte om barna var enige.

Begge nikket. Han måtte bare komme. De likte ham.

«Bare hyggelig», sa jeg. «Kristin gleder seg for øvrig til å spille piano. Hun liker seg ikke i den triste stuen.»

«Det skal vi ordne på», sa Carlos. «Så kan vi kanskje endelig kvitte oss med det gamle skapet.» Det forundret meg at han snakket slik om sin mors minnesmerker, men så hadde han muligens ikke giddet å gjøre noe med dem mens han var alene, tenkte jeg.

For første gang opplevde barna mine å tilbringe tid sammen med en mann som brydde seg om dem som jevnbyrdige mennesker. Inntil da hadde de kun hatt min svigermor og meg å forholde seg til (min svigerfar var en sur mann som kun tenkte penger).

Våre store ekteskapelige problemer som jeg ikke har til hensikt å fortelle om her holdt vi for oss selv. De som gjorde at ekteskapet sprakk! Min forhenværende var ikke slem, selv når han drakk. Han hverken sparket eller slo. Stort sett var det ro i huset, men barn er vare for stemninger. De hadde for lengst oppdaget at de var et inventar som faren aldri hadde tid til, som sin far var han opptatt av arbeidet og å tjene penger.

Den gang var det fremdeles Napoleons lover som var i hevd. Det var den som forlot hjemmets arne som var den skyldige. Hadde det vært i dag ville jeg ha beholdt både hus og barn uten videre dikkedarer på grunn av «bevisets stilling». Det var altså da jeg tok loven i egne hender og dro til Paraguay hvor ingen ville finne oss. (Om den siden av saken forteller jeg utførlig i Aldri tilbake, boken jeg ga ut for tjue år siden.)

Carlos sine besøk ble hyppigere og hyppigere og varte lenger og lenger for hver gang. Til slutt sa jeg at det var unødvendig å be om tillatelse, kun å informere oss om ankomsten så Sito og jeg visste hva vi hadde å forholde oss til.

Alle minnene jeg har fra den tiden er badet i lys; utflukter og bading, ballspill på plenen, og mest av alt kveldene med lek og musikk rundt flygelet, det eneste inventaret som sto igjen etter at salen var blitt ryddet.

Året før, da barna og jeg hadde vær i New York, hadde vi blant annet sett My fair lady som til om med Alex hadde falt for.

Tilbake på hotellrommet hadde vi sunget og spilt hovedrollene, og nå viste det seg at vi hadde fått en kapellmester som kunne spille hva det skulle være, ikke bare seriøs klassisk musikk. Kristin var naturligvis Elisa, jeg doktor Higgins, og Alex den berusede faren som ba kameratene om å få ham til kirken i tide. Ingen av dem var gode i engelsk, men etter å ha spilt platen dusinvis av ganger på min reisegrammofon året før husket de ordene. Og nå hadde vi god plass til å utfolde oss på.

Den allerede da operafrelste Kristin insisterte på å synge «Ah! je ris» som Marguerite, når hun finner smykkeskrinet, men Alex kunne bare synge «Ha, ha, ha, ha» og le rått som Mefistofeles, så det ble til at vi humret soldatkoret i bakgrunnen.

En annen stor suksess var Carmen, uten at jeg skal plage leseren mer med rollefordelingen, men faktum er at Carlos hadde det like moro som oss. Det var ekte. Han forestilte seg ikke.

Kristin hadde tatt med seg gitaren og spilte og sang gamle franske viser og Die Forelle for å glede Carlos. Hennes stemme var liten og ren, passende til repertoaret hun hadde valgt. Kristin hadde sikkert nevnt for Carlos at også jeg klimpret litt på gitar, og neste gang han kom hadde han med en til meg, men det kunstneriske nivået sank betraktelig og vi måtte gå over til enklere saker som alle kjente og kunne synge med.

Ikke en eneste gang i løpet av den tiden Carlos hadde tilbrakt sammen med oss hadde han gjort tilnærmelser mot meg. Kun en hyggelig venn, den perfekte gentleman som øyensynlig var mer interessert i mitt avkom enn i meg. Men dummere var jeg ikke enn at jeg hadde sett det komme, spørsmålet om jeg ville gifte meg med ham.

«Jeg må spørre barna først», sa jeg, vel vitende om at de ville være enige. Mer enn det, de ville bli overbegeistret.

Altså ble svaret ja.

Noen dager etter fløy vi sammen til Guatemala by for å se Kristin og Alex av gårde til Paris med løfte om å hente dem tre måneder senere i Frankrike.

Jeg var ikke forelsket i Carlos, ikke i det hele tatt. Hvilket jeg så som en fordel. Romantiske griller hadde jeg fått nok av, særlig en med en meget uheldig slutt. Denne gangen ville jeg bruke hodet og fornuften. Hva Carlos følte for meg kan jeg til dags dato ikke uttale meg om, men han likte meg. Det var gjensidig, og jeg passet godt inn i hans planer om å finne en perfekt hustru for hans behov og som han hadde full tillit til.

Det som tiltrakk meg hos Carlos var at han var så gjennomført dannet og kultivert. En verdensmann som snakket flere språk, bereist og belest, men aldri pompøs eller kjedelig. Vi hygget oss i hverandres selskap bundet av felles interesser. Og naturligvis for meg det viktigste av alt: han var ungkar, hadde ingen barn og viste stor godhet mot mine som på sin side stortrivdes i hans selskap.

Alle grunnene jeg hadde til å si ja da Carlos fridde syntes meg fornuftige. Utsiktene til å få ryddet opp i livet mitt og komme inn i rolige forhold, og også for Carlos som «trengte en kvinne ved sin side» ifølge Sito. Jeg visste med meg selv at jeg kom til å leve opp til forhåpningene, at jeg kom til å gjøre mitt beste for å gjøre Carlos lykkelig. Her må det sies, selv om jeg vet at de færreste vil tro meg, at Carlos sin rikdom aldri kom inn i min avgjørelse. Tro det de som vil, de andre kan la være.

Mine planer om å bygge et hus i Norge var ingen hindring for Carlos. Tvert imot. Mesteparten av hans eksport av kaffe og kardemomme gikk til Tyskland og Skandinavia. Han hadde et kontor i Hamburg og faste forbindelser i Bergen og Stockholm som han besøkte minst en gang i året. Altså passet det ham strålende å ha et fast holdepunkt i Norge hvor vi kunne tilbringe noen måneder av året. Alt så ut til å falle på plass.

Da vi senere på året tok en tur Europa rundt sammen med barna reiste vi også til min hjembygd hvor han ble godt mottatt overalt. Alle som en av mine gamle venner falt for hans sjarme og behagelige vesen, og også hans språkkunnskaper, blant annet en slags blandingsskandinavisk som gjorde at han kunne konversere med hvem det skulle være. Dette var jo før mine jevnaldrende behersket engelsk. For mine virkelige venner som kjente meg godt hadde skandalen, bilder og avisoverskrifter vært en belastning da jeg rømte fra Frankrike. For andre en herlig kilde til ondskapsfull sladder.

Jeg viste Carlos tomten jeg hadde kjøpt, vakkert beliggende i åsen med utsikt over fjorden og dalen. Jeg viste ham tegningen med store luftige rom med vinduer fra gulv til tak mot terrassene, fire soverom og to bad som jeg hadde tegnet selv. Og som ble akkurat slik jeg ville ha det. Med den forskjell at det nå er blitt færre soverom og to hybler i stedet.

Carlos ble begeistret og overrasket over stedet og planen.

«Dette blir et fantastisk sted. Jeg trodde det var et krypinn, ikke en flott villa du ville bygge», sa han.

Tilbake til Guatemala og bryllupet. Nå som det var avgjort at vi skulle gifte oss fikk Carlos bråhast. Ikke bare måtte det skje fort, fort, men også hemmelig og i all stillhet. Altså var vi kun fire da vi presenterte oss foran byfogden med hver vår forlover. Carlos brakte for dagen en gammel tante ut av glemselen, og jeg spurte Henry Salomon, min venn fra The Company, om han ville gjøre meg den tjenesten. Deretter spiste vi middag sammen, gikk hver til vårt, og det var det.

Personlig hadde jeg intet ønske om å stå framfor noe som helst alter som hvit brud med slør og blomsterbukett i favnen. Hadde Carlos foreslått det ville jeg ha nektet. Men det syntes meg underlig at han i pakt med sin stilling og stand ikke ønsket å lage noe oppstyr om sin tiltreden inn i den hellige ektestand. Ikke engang et lite selskap med sine nærmeste venner som jeg antok han måtte ha mange av, uten at jeg egentlig visste noe om hans liv i hovedstaden. Feil igjen fra min side. Carlos hadde ingen omgangskrets. Hans liv der hadde vært like innhyllet av tåke som vårt ekteskap.

Jeg har glemt å fortelle at min situasjon med The Company var i orden. Jeg sa til Hugo at naturligvis ville jeg arbeide tiden min ut, det vil si tre måneder fra oppsigelsesdagen, men han sa at han hadde sett det i kortene, og Hugo ønsket meg lykke til, ikke uten å legge til at når som helst eller hvor som helst ville jeg være velkommen tilbake. At det skulle gå troll i ord visste hverken han eller jeg da han kom på besøk til oss i Chatapango sammen med sin kone og ble overveldet som alle andre som etter hvert skulle besøke stedet.

«Det er noe jeg vil vise deg», sa Carlos. Jeg antok at vi nå skulle til Carlos sin leilighet på bryllupsreise, men langt ifra. Vi sto på fortauet foran restauranten hvor vi hadde spist. Han åpnet døren for meg til sin Cadillac.

«Nå som vi er en familie vil vi trenge et hus i byen», sa Carlos. «Barna må gå på skolen, og vi må leve et normalt liv. Vi kan ikke være i Chatapango hele tiden. Naturligvis kunne vi ikke det. Den store tomten han viste meg lå litt utenfor byen med en fantastisk utsikt over åser og vulkaner. Et område som kort tid etter skulle bli en millionærgetto omgitt av murer og vakter ved portene.

«Her skal vi bygge vårt hjem», sa Carlos «hvis du er enig. Du har frie hender. Jeg har snakket med en arkitekt, men det er du som bestemmer akkurat hvordan du vil ha det. Han vil følge dine instruksjoner til punkt og prikke. Videre har han lovet at huset skal stå ferdig klar til innflytting når vi kommer tilbake med barna.»

«Jeg gleder meg», sa jeg og ga ham en klem mens jeg tenkte at nå skulle vi vel tilbake til hans leilighet. Men nei! Carlos kjørte tilbake til hotellet hvor vi hadde spist og førte meg opp i en suite full av røde roser.

«Dette skal bli vårt hjem i byen mens byggingen foregår», sa Carlos.

«Men du har jo allerede en leilighet her», innvendte jeg. «Hvorfor kan vi ikke bruke den ...?»

«Dit vil jeg ikke bringe deg. Den er ikke deg verdig», svarte min nye husbond. Jeg insisterte ikke. Tenkte som så at han sikkert hadde hatt en elskerinne boende der og at leiligheten fremdeles bar preg etter henne.

En kelner kom med en flaske champagne i en bøtte, Carlos åpnet vesken sin og dro fram papirer av ymse slag, men først overrakte han meg et skrin med en ring, en enorm grønn esmeralda omgitt av diamanter. Gifteringen av hvitt gull med diamanter hadde han tredd på fingeren min hos byfogden.

Papirene Carlos overrakte meg var fire skjøter i mitt navn: den nyinnkjøpte tomten i Guatemala by, huset i Chatapango og to kaffeplantasjer.

Først forsto jeg ikke helt, men etter annengangs gjennomlesning gikk det opp for meg at disse eiendommene var mine i særeie.

«Men hvorfor, Carlos? Hvorfor vil du gi meg alt dette?» Jeg var mer sjokkert enn begeistret.

«Fordi jeg vil det slik. Du har fortjent det.» Uten at jeg kunne se hva jeg hadde gjort for å bli forvandlet til millionær fra dag til annen.

Aldri i hele mitt liv hadde jeg fått noe uten å ha arbeidet for det. Mitt sommerhus, det som sto i mitt navn på Rødtangen var gått med i landsvikoppgjøret på grunn av fars synder. Min andel, fjerdeparten av min fars bomullsplantasje i Argentina hadde jeg overlatt til min svigerinne, enken etter min bror, for at hun skulle ha mulighet til å klare seg etter at min mor hadde fått sitt da far døde, og min morsarv, et hus omgitt av hage i Cordoba gikk dørken på grunn av inflasjon da jeg solgte det. Nok en digresjon.

Jeg ringte ned til resepsjonen og ba dem skaffe meg papir med små ruter og satte i gang med å tegne mitt andre hus. Før det hadde det vært i Frankrike, siden ble det Norge og Spania.

Carlos hadde med seg tegningen av tomten. Deler av bryllupsnatten gikk med til å tegne, og da vi endelig gikk til sengs var vi fornøyde med hverandre og den lange innholdsrike dagen som hadde brakt med seg så mange overraskelser for meg.

Etter frokost på rommet kjørte vi til arkitekten som skulle stå ansvarlig for byggingen. Han sa seg fornøyd med løsningen innvendig, men ønsket seg noen små tilbygg for å bryte ensformigheten på fasaden mot veien som han sa, men Carlos og jeg var enige om at rene, klare linjer var det peneste. Med smijernsgitter foran vinduene og en stor, utskåret inngangsdør ville det være pynt nok.

Resultatet ble som følgende: En stor hall med en trapp som førte ned til underetasjen, fem soveværelser, hvert med sitt påkledningsrom og bad og en veranda langs hele huset hvor man kunne gå ut og beundre utsikten med en gang en våknet. Uberørt natur, noen fjell i de fjerne, og en sint vulkan som spydde sin vrede rett som det var.

Den brede trappen fra hallen førte ned til oppholdsrommene. En peisestue med den ene veggen dekket av stein, salong og spisestue og tjenerfløyen ved siden av. Kjøkken og anretning, tre soverom, spiserom og bad pluss garasje til to biler. Foran stuene var det nok en terrasse med samme utsikt som nevnt. Jeg har forsøkt å holde meg unna ordet stort og antall kvadratmeter, men her var det plass nok, lyst og luftig, bekvemt for alle vi som skulle bo der, men samtidig hyggelig. Det ble mange etter hvert som okket seg av begeistring da de steg ned trappen og så ilden på peisen.

Igjen begynte saker og ting å haste. Carlos fikk ikke rast eller ro før alt var ferdig så vi kunne flytte inn. Jeg savnet Chatapango og våre rolige dager der. Carlos forsvant fra tid til annen et par dager for å ta seg av sine forretninger, mens jeg måtte være hjemme på hotellet for å følge med på byggingen.

Huset vokste som sopp etter en varm og fuktig sommer. Arbeidet pågikk hele døgnet, om natten med lyskastere, og så snart det var mulig kom garnere for å anlegge hagen.

Av pene møbler, innbo i det hele tatt, var det lite å finne i Guatemala på den tiden, og nå sto jeg med ansvaret for et helt hus som skulle framstå standsmessig. På mine vandringer i antikvitetsforretninger og kjøreturer innover landet hadde jeg funnet vakre, gamle ting, men på langt nær nok til å møblere et helt hus.

Carlos foreslo Miami for å kjøpe inn det som trengtes, og av sted dro jeg.

Det ble møbler, tepper og gardiner – målene hadde jeg jo – senger og sanitærutstyr til baderommene som jeg allerede hadde valgt ut fliser til og som nå fikk lakener og håndklær i farger som passet. Carlos' i mosegrønt, Alex' i en sterk blåfarge, mitt i lyseblått og Kristins i rosa. Hun var den eneste som ikke ble fornøyd med fargene sine, sa hun da, hvilket ikke var til hinder for at det senere ble hennes yndlingsfarge, overdrevent så.

Unødvendig å ramse opp alt, men det ble en stri uke. Det kan høres enkelt ut bare å kjøpe og kjøpe når det ikke står på penger, men å sitte dag etter dag med prøver av vegg-til-veggtepper, møbeltrekk og gardiner som skal passe sammen i forskjellige rom, er en jobb.

Det eneste jeg fikk laget i Guatemala var møblene til spisestuen. På mine vandringer rundt i byen hadde jeg funnet en gammel snekker i en bortgjemt gate som hadde restaurert en del antikviteter for meg, og de gangene jeg hadde besøkt ham hadde jeg beundret noen vakre, utskårne småbord og stoler som han hadde laget selv. Mannen var en kunstner, ingen tvil om det.

Jeg spurte ham om han kunne tenke seg å lage et spisestuemøblement.

«Hvor stort da», spurte han. Jeg fortalte hva jeg ønsket. To buffeter, en skjenk, et bord med plass til tolv, og like mange stoler. Alle dørene med utskjæringer og det hele i mørkt treverk. Jeg unnlot å nevne navnet på tresorten som jeg likte så godt fordi jeg ikke visste det. For alle tilfelles skyld hadde jeg tatt med målene til møblene som allerede hadde sin bestemte plass i mitt hode.

«Vil du ha plass til alt dette da?» spurte snekkeren nøkternt. Jeg forsikret ham om at det hadde jeg. Men fremdeles var han ikke overbevist. Ikke så rart der jeg sto foran ham i jeans og rutete skjorte i et land hvor fine damer med penger pyntet seg til trengsel når de våget seg ut i gatene. Hvordan skulle de ellers vise at det var forskjell på dem og den gemene hop?

«Du kan velge motivene selv», sa jeg. Det var meg likegyldig hvilke av Mayaenes guder som skulle pryde skapene mine.

«Hvis vi er enige skal jeg skrive ut en sjekk til deg nå, og resten vil du få når alt er ferdig.»

«Dette vil bli dyrt og ta lang tid, men jeg skal starte med en gang.» Sjekken hadde gjort underverker.

Det tok lang tid. Da vi kom tilbake fra Europa var spisestuen det eneste som ikke var ferdig. Vi hadde bord og stoler i begynnelsen, men da resten ankom måtte selv Carlos gi seg over. Han hadde vært misfornøyd da jeg fortalte ham om snekkeren, men da alt kom på plass var vi enige om at vakrere spisestue fantes ikke i hele Guatemala by. Alt i svart-hvitt med luftige gardiner foran vinduene, mørke møbler mot de hvite veggene, røde tepper på de sorte og hvite flisene på gulvet, og som eneste pynt; massevis av tinn fra Norge som jeg selv hadde kjøpt sist jeg var der med barna.

«Du ser sliten ut», var det første Carlos sa til meg da jeg kom tilbake fra Miami.

«Jeg er dødstrett», sa jeg, «nå trenger jeg å hvile. Fly meg til Chatapango, vær så snill. Jeg trenger noen dager å komme meg på uten å tenke hus eller innbo. Kan ikke du også ta deg noen dager fri …? Vi kan ri og bade i elven og ta med nistekurv», lokket jeg.

«Umulig, querida», Carlos lo. «For det første har jeg alt for mye å gjøre for tiden. Det er mye jeg må ordne før vi reiser. For det andre kjenner jeg deg godt nok til å vite at så snart du føler deg uthvilt vil du sette i gang med å sy nye gardiner og sengetepper og kjøre fjellene rundt på utkikk etter gamle klenodier for å møblere salongen som står tom etter min mor.»

Han kjente meg godt, men jeg kjente ikke ham i det hele tatt, slik tiden skulle vise. Det passet ham godt at jeg forsvant fra byen noen dager. Han hadde «mye å ordne opp i».

I Chatapango gikk det akkurat slik Carlos hadde forutsagt. I butikken til Carlos som hadde alt fant jeg stoffer etter min smak. Her midt i indianerland! Kanskje var fargene litt sterkere enn de jeg hadde rotet igjennom i Miami, men for meg var de perfekte. Sito hadde funnet ei jente, Yolanda het hun, som skulle hjelpe meg å sy. Hun ble med meg til huset i Guatemala by, og det samme gjorde Samuel, også Sitos «funn». Selv ville jeg aldri vært modig nok til å ansette Samuel, en vakker, barbent yngling som så vidt hadde folkeskolen og aldri hadde vært utenfor Chatapango. Men han hadde våkne, gløgge øyne.

«Samuel er meget intelligent», sa Sito. «Han ser og vet alt.» Det med å «vite alt» tok jeg med en klype salt, for Sitos kastiljansk var ikke alltid like perfekt. «Du kan vise ham hva han skal gjøre og han vil passe på slik jeg gjør her.» En hovmester …? Det hadde jeg vanskelig for å tro, men av en eller annen mystisk grunn falt det meg ikke inn å gå imot Sitos bestemmelser. Min tiltro til ham var uten grenser.

«Nå leter jeg etter en kokke og en altmuligmann som vil være på plass når dere kommer tilbake. Du må aldri glemme, Señora, at du kun må omgi deg med folk du kan stole på.» Jeg tenkte borgerkrig, gerilja og kidnapping. Hans tanker var forbundet med noe helt annet.

«Jeg vet at det er farlige tider», sa jeg, «men jeg synes du bør ta deg en tur til La Cañada», navnet vi hadde gitt til eiendommen på grunn av kløften som avsluttet eiendommen, bred og dyp.

«No hace falta», unødvendig, sa Sito. Jeg ser alt for mitt indre blikk, og for øvrig har jeg sett tegningene som du la igjen i biblioteket. Det siste med et lurt smil, et glimt i de vanligvis så uutgrunnelige øynene.

To ganger har jeg skrevet fortsettelsen av «Aldri tilbake». Mange av leserne den gang ringte eller skrev brev og ba meg om det – gjør det faktisk fremdeles. Selv mente jeg også å ha mye mer å fortelle om, men hver gang utartet mine skriblerier seg til et manuskript for en såpeopera a la Glamour eller Falcon Crest som var på moten den gang. Jeg ville ikke ødelegge boken som jeg var glad i, og som jeg mente var viktig, med den slags sprøyt.

Jeg har luket ut stjerner jeg traff og ville fester, men skal jeg først skrive om mennesker som av en eller annen grunn er viktige for min historie kan jeg ikke forvandle millionærer til fattigfolk, prinser til frosker, grevinner til arbeidsjenter, eller slott til sosialboliger. Til syvende og sist viser det bare at alt som synes utenpå ikke alltid stemmer med det innvendige.

Altså fløy vi til Paris for å hente barna og deretter til Roma og London hvor vi så alt som sees skulle. Carlos hadde liten lyst til å kjøre i storbyer hvor han ikke var kjent og leide en limousin med sjåfør som var lommekjent og for øvrig brakte oss dit vi ville.

Som før fortalt hadde Carlos kontor i Hamburg hvor han også hadde gått på skolen og studert i mange år. Det var der jeg traff en ny mann i et nytt miljø, selvsikker, nesten arrogant, og med en stor omgangskrets seilte han inn i gedigne hjem som ikke var blitt ødelagt under krigen, med oss på slep. Øyensynlig stolt av sin familie som han viste fram med glede. Forskjellen fra Guatemala var påfallende, egentlig merkelig. Men så var det vel slik Carlos hadde fortalt meg tenkte jeg. Han føler seg tysk og har ingen andre interesser i Guatemala enn sine forretninger.

Ungene mine oppførte seg upåklagelig, som en lek de hadde bestemt seg for å være med på og som de hadde moro av. Alex kysset damene på hånden slik han så Carlos gjorde. Kristin neiet pent, nippet til champagnen og spiste kaviar som om hun aldri hadde gjort noe annet. Hva barna fikk med seg fra Hamburg er at hvis man vil være verdensborger må man tute med ulvene man er sammen med og akseptere forskjellige skikker.

Før vi forlater Hamburg må jeg si litt om Vier Jahreszeiten, hotellet vi bodde på. Jeg vet ikke en gang om det fremdeles eksisterer. Det var vakkert, holdt i gammel stil og med en kundeservice jeg aldri har sett maken til. Etter frokosten dro vi hver vår vei, Carlos for å arbeide, Kristin og jeg for å handle, hvilket Alex ikke ville være med på. Han ville til Alster for å fiske. At han dro av gårde på egen hånd var jeg vant til.

Da vi fire var samlet til lunsj og hadde bestilt det vi ønsket å spise, sa hovmesteren: «Jeg tror dere bør hoppe over forretten, for den har den unge herren sørget for.» Han så smilende på Alex. En kelner kom løpende med hver vår stekte fisk, en sørgelig liten sak som Alex hadde fisket, full av bein. Min sønn hadde gått til kjøkkenet med fangsten sin og bedt kokken tilberede den for oss.

Kun en liten anekdote, men som forteller mye om hvordan et hotell i superstjerneklassen skal drives.

Besøket vårt i Norge har jeg fortalt om. Vi reiste tilbake med France, forhenværende Normandie, tilbrakte noen dager i New York, og så endelig var vi hjemme igjen.

Uten å vise overstadig begeistring for La Cañada sa barna seg fornøyd med huset, men det var i Chatapango de ville tilbringe ferien. Da den var over begynte Alex på skole i Guatemala by, mens Kristin foretrakk å reise tilbake for å fullføre sin artium i Frankrike. Hadde det vært spørsmål om å bo i Chatapango er jeg ikke i tvil om hva hun hadde valgt, men det kom ikke på tale. For øvrig var det ikke lenge igjen før hun skulle komme tilbake. Tiden går fort fra én skoleferie til neste.

Hverdagen kom og snart hadde jeg nesten ingenting å gjøre. Tjenerstaben var på plass. Den nye kokka som Sito hadde funnet og som var «til å stole på», hans favorittuttrykk hver gang vi hadde pratet sammen, het Delfina og var også en fremragende kokk. Inntil videre lot jeg henne styre på kjøkkenet og lage alt hun bestemte på sitt vis. Senere, da Carlos og jeg begynte med stor selskapelighet, hygget vi oss sammen på kjøkkenet og lærte av hverandre.

Delfinas mann het Alfonso. Han tok seg av hagen, vasket bilene, raket singelen til innkjørselen, åpnet porten når en av oss skulle ut eller kom tilbake, og hjalp Samuel i huset om nødvendig. Hvilket det sjelden var, for Samuel hadde fra første stund overtatt som ansvarlig hovmester. Når Carlos kom hjem om kvelden var det alltid fyr på peisen samme hvor varmt det var ute, og Samuel sto klar ved baren og spurte om han ville ha en Old Fashion, Dry Martini eller en Manhattan. Jeg trengte kun å forklare de forskjellige blandingene én gang. Samuel husket alt.

Faktum er at ingen av dem hadde nok å gjøre. Heller ikke jeg som sagt. Det begynte med Elisabeth. Vi fant hverandre hos en kubansk danserinne som holdt morgengymnastikk. En blanding av yoga og vanlig kroppsøving, men mest ballett. Vi bøyde og tøyde, truet føttene i alle posisjoner fra første til femte for til slutt å havne utmattet på gulvet.

«Nå orker jeg ikke mer», sa en stemme ved siden av meg. Den tilhørte en slank kvinne midt i trettiårene som jeg hadde lagt merke til fordi jeg likte henne av en eller annen grunn.

«Ikke jeg heller», sa jeg. «Loretta kjørte oss hardt i dag.»

«Jeg heter Elisabeth», sa mitt nye bekjentskap og rakte meg en svett hånd.

«Det gjør jeg også», sa jeg, og så lo vi godt.

«Bli med meg hjem og ta en kopp te hvis du har tid …»

«Mer enn nok av tid», forsikret jeg, «men jeg vet ikke hvor du bor.»

«Følg etter meg, det er ikke lange veien.» Fremdeles iført sitt gymantrekk steg hun inn i bilen med en livrékledd sjåfør ved rattet. Ikke lenge etter gled vi gjennom en smijernsport med to vakter, så en allé omgitt av trær gjennom en park som utvidet seg til en rundkjøring foran et stort hvitt hus av ubestemmelig årgang.

Noen te ble det ikke på oss, derimot mange tynne drinker med whisky og soda som vi begge hadde svakhet for. Vi installerte oss i biblioteket, husets eneste hyggelige rom fant jeg ut senere og pratet og pratet og pratet.

Elisabeths mann var nylig blitt utnevnt til Brasils ambassadør i Guatemala. Han var fra Brasil og hadde vært tilknyttet ambassaden i Tyskland hvor hun var hans sekretær. Hun var tysk og hadde falt totalt pladask for den sjarmerende mannen selv om han var minst femten år eldre enn henne. Et ekteskap som hennes mor hadde vært sterkt imot.

«Hvorfor det …?» spurte jeg. «Hvis dere var glade i hverandre må han jo ha vært et såkalt godt parti.»

«Det skal jeg fortelle deg om siden.» Vi ble avbrutt av at David, Brasils utsending til Guatemala kom inn for å hilse på oss iført hvit badekåpe. Fra første gang vi traff hverandre var han alltid overstrømmende hyggelig mot meg. Men det ble med meg som med Elisabeths mor, selv om våre grunner kanskje ikke hadde noe med hverandre å gjøre. Jeg like ham ikke kort og godt, men gjorde alltid gode miner til slett spill på grunn av Elisabeth som elsket sin David uten forbehold. Og da Carlos også ble perlevenner ble det til at vi fire var mye sammen også utenfor det forrykende selskapslivet som nå ventet oss.

Det ble sagt at Brasil var det landet som ga størst apanasje og mest frynsegoder til sine utsendinger. Dermed også den mest prangende boligen og de flotteste mottagelsene. Det var derfor at Carlos og jeg som nære venner av paret plutselig ble selvskrevne gjester i diplomatmiljøet som igjen hadde ringvirkninger inn i Guatemalas high society og regjeringskretser.

Over alt hvor vi kom var Carlos kjent ved navn. "Tenk så hyggelig endelig å treffe deg», sa folk. «Merkelig at vi ikke har møtt hverandre før.» Carlos bare smilte sitt beskjedne litt underfundige smil og førte konversasjonen over på noe annet.

Ja visst er det rart hendte det jeg tenkte. At det er jeg som gjennom et flyktig bekjentskap bringer ham ut fra en bortgjemt tilværelse inn i et miljø hvor han ser ut til å trives, i et land hvor han har bodd mesteparten av sitt liv. Jeg skjøv det fra meg for n'te gang. Det var vel slik han sa. At han aldri hadde hatt behov for noen omgangskrets.

Naturligvis måtte vi gjøre gjengjeld, noe vi hadde stor glede av. Vi var stolte av huset, og det var en fornøyelse for oss begge å se selskapskledde mennesker skride ned den brede trappen hvor vi sto og tok imot dem. Like stolte var vi av vår hovmester Samuel som kunne mikse hva det skulle være av drinker, og av vår Yolanda som bar dem omkring på et sølvbrett i den vakre spisestuen hvor maten og servicen var firestjerners. Grunnen til at vi var så stolte var at hjemmet vårt var det eneste hvor det var unødvendig å leie inn folk ved større anledninger slik det var vanlig. Våre folk klarte alt og satt sin ære i det.

Det samme gjaldt Chatapango hvor det etter hvert ble stor rift om å bli invitert. Sito elsket å ha gjester, og Socorro laget sine favorittretter. Det ble turer i omegnen til hest eller til fots, kvelder med musikk eller bridge, og ingen som hadde vært der kunne få fullrost stedet nok.

Jeg kunne fortelle mye mer om hvordan det er «å spise jordbær med de store», men dette får holde. Jeg tror jeg har klart å gi inntrykk av hvordan det er på overflaten under mange kalkede graver, samme hvor høyt på strå man befinner seg.

Indianerkvinnene som vandret omkring på veier og stier lyste opp i landskapet som strålende påfugler. Iført sine fargerike vakre perrajer, sjal som de brukte som beskyttelse mot sol eller kulde og til å bære barna i på ryggen.

Det ga meg en idé. Plaggene var hjemmevevde og plantefarget og store nok til å bli en jakke eller bluse. Sikkert noe som ville gjøre seg til afterski for jetsettet i USA på vinterferie, mer opptatt av å synes enn å slite i løypene. Det var verdt et forsøk.

Yolanda og jeg satte i gang. Jeg tegnet og klippet og Yolanda sydde, hvilket hun kunne til gangs. Vi prøvde på hverandre og var forøyde med oss selv da de første pakkene ble sendt til New York. Adressene på passende butikker hadde jeg fått av USAs ambassade.

Svarene lot ikke vente på seg. Dette var nytt og spennende og alle var interessert, men det var først da to damer som kunne sine ting fant det umaken verdt å ta reisen sørover for å møte oss og se hva vi drev med at vi fikk vite hva som var feil. Alt var for smått og trangt. Både Yolanda og jeg var spedbygde og slanke. Vi hadde ikke tatt hensyn til vårt eventuelle fremtidige klientell når det gjaldt ermer og vidde over brystet.

Vi lot oss ikke avfeie med slike bagateller og utvidet alt som utvides måtte og sendte nye prøver.

Dermed var det gjort. Bestillingene strømmet inn, mer enn vi kunne makte alene. Vi innredet en systue i Chatapango hvor vi klippet og ansatte kvinner til å veve og sy hjemme. Vår lille bedrift utviklet seg til et lukrativt foretagende til glede for mange som for første gang tjente sine egne penger. Etter hvert overlot jeg mesteparten av ansvaret til Yolanda som ikke bare kunne sy, men også var en utmerket administrator og regnskapsfører med enkel skoleregning. Gjensto for meg å skrive brev og sende regninger på engelsk, men da jeg forlot landet få år senere fortsatte hun på egen hånd og «gjorde det bra» som hun skrev. «Nå har jeg bygget mitt eget hus, Señora», skrev hun, «men gifte meg skal jeg aldri.»

For første gang i sitt liv tok Alex skolen og lekser alvorlig. Om dette kom av min ubønnhørlige holdning i så henseende, eller at han plutselig hadde funne ut at kunnskap er en lett byrde å bære skal være usagt, men på kort tid var han blant de fremste i klassen. Han gled lett inn i miljøet og fikk en stor kameratkrets hvor han ble bedt til dansemoro og fødselsdager. Han var allerede meget populær blant de unge damene etter telefonoppringningene å dømme.

«Du mamma, kan du ikke si til den eller den når hun ringer at jeg ikke får lov til å gå ut fordi jeg må gjøre lekser?» Det var modige ord fra en selvstendig tolvåring som ikke var redd for å virke som mammadalt. Det gjorde meg glad. Han visste hvem han var uten å være avhengig av hva andre mente om ham.

En annen episode.

«Du, mamma, kan jeg få låne bilen din i kveld?»

«Låne bilen min? Er du fra vettet? Ikke kan du kjøre og ikke har du sertifikat.»

«Jeg kan kjøre bil og skal ordne med resten.» Dagen etter gikk han til politiet som tok seg av den slags, kjørte opp og betalte 10 quetzal, 10 US$ den gangen, uten at noen spurte hvor gammel han var. Myndighetene brydde seg lite om lover og forordninger, alt var ganske enkelt. Kunne du kjøre så kunne du kjøre. Selv hadde jeg kjørt på fransk sertifikat i mange år og bestemte meg for å gjøre det samme som Alex. Jeg svarte på spørsmål, lukeparkerte i bratt bakke og fikk et nytt bevis på at jeg kunne håndtere en bil.

Å leve i et land med borgerkrig er som å seile på havet. Noen ganger er det som å gli over en blank havflate, men så plutselig bryter stormen løs.

«Mamma!» Jeg var på kjøkkenet da min sønn kom stormende inn. Hver dag kjørte han til skolen på sin motorsykkel og nå var han likblek. «Fire menn er skutt og drept! Jeg så det. Bilen bak meg kjørte plutselig forbi og pepret bilen foran meg med mitraljøser. Den skjenet og havnet foran en stolpe. Skulle jeg ha stoppet tror du? Skulle jeg ha stoppet for å hjelpe de i bilen som ble skutt på? Det var blod, mamma, masse blod, til og med på frontruten. Mennene lå hulter i bulter, ingen rørte seg. Jeg så alt sammen da jeg saknet farten.»

«Du handlet helt riktig.» Jeg la armene om gutten min som skalv over hele seg. «Dette er et oppgjør mellom geriljaen og regjeringens folk som ikke har noe med oss å gjøre», forsikret jeg ham om. Salige er de enfoldige.

En vond tid lå foran oss med mange tragedier. Hva som hendte rundt om i landet hvor kamper foregikk fortalte avisene ingen ting om. Vi fikk ikke vite om brente landsbyer og folk som ble skutt ned for fote. Vi hadde fjernsyn, men det var sensurert.

Vi opplevde at mange av våre omgangsvenner ble likvidert. Den tyske ambassadøren ble funnet lemlestet under en bro, den nord-amerikanske ble skutt ned foran huset sitt, en tredje ble tatt som gissel og drept. Et annet mord opplevde vi personlig.

Carlos og jeg kjørte ut av garasjen på vei til noe jeg ikke husker da vi hørte den nå velkjente knitringen av maskingevær. Carlos bråstoppet for å rygge inn igjen, men vi rakk å se at det var vår nabo som var målet denne gangen. Bilen hans seilte sakte tilbake og mannen som satt ved rattet var død.

Vi ble hjemme den kvelden.

Regjeringen fra de forskjellige land sendte klager og truet med å bryte diplomatiske forbindelser. Fra Guatemala kom unnskyldninger og beklagelser. Alt var kommunistenes skyld, først og fremst Cuba og Sovjet, og USA var som alltid med på notene når det gjaldt deres egne interesser, det vil si å beholde en høyreekstremistisk regjering i landet. Deres egen ambassadør hadde ikke vært helt stueren fordi han kunne se forholdene fra begge kanter og hadde gitt uttrykk for det.

Over La Cañada, kløften som avsluttet vår eiendom begynte et svare ståk av helikopter dag ut og dag inn, øyensynlig på leting etter uønskede elementer. Det evige bråket fra de uhyggelige maskinene var enerverende, og hvis det kom til kamp, til og med bombing, ville huset vårt ligge i første linje. Jeg tok Alex ut av skolen sammen med en kamerat og dro til Chatapango som fremdeles sto for meg som en oase av fred.

En solblank formiddag dro guttene i jeepen for å utforske omegnen slik Alex hadde gjort utallige ganger, ofte med meg som passasjer. Men denne gangen hadde det hendt noe.

Guttene var redde og oppskaket og bilen var merket av kuler da de kom tilbake. De hadde kjørt oppover i høyden langs smale skogsveier da en mann plutselig dukket opp ved veikanten.

«Han vinket til oss», fortalte Alex. «Vi trodde han hilste og vi vinket tilbake og kjørte videre. Men så begynte kuler å sprette mot bilen som en haglskur. Vi krøp ned foran setene, jeg gjorde meg så flat som mulig, satte bilen i revers, åpnet døren på gløtt så jeg kunne se veikanten og rygget av sted i full fart.» Etter denne episoden var jeg ikke lenger i tvil om at Alex kunne kjøre. Guttene kom snart til hektene og begynte å betrakte det hele som en bragd, et spennende eventyr «tenk at vi ble skutt på av geriljasoldater», men jeg var redd og fortvilet. Kulene som hadde gått gjennom panseret og som vi fant i bilen var bevis nok på at hvis de hadde sittet oppreist kunne de ha blitt drept.

Da Carlos kom om kvelden var jeg i harnisk.

«Hvordan kan du fortelle meg at vi ikke er i fare», spurte jeg rasende etter å ha fortalt om hendelsen. Carlos virket betuttet og like lei seg som jeg.

«Jeg skjønner ingenting», sa Carlos, «men jeg kan i hvert fall forsikre deg om at dette ikke vil hende igjen. Det har vært gjort en feil som jeg skal ordne.»

«Hvordan kan du ta det så rolig når gutten min holdt på å bli drept», raste jeg videre, «du som alltid sier at vi ikke har noe å frykte …» Og hva slags 'feil' er det du snakker om …?»

Det var da Carlos fortalte meg at han betalte en stor sum til motstandsbevegelsen hver måned for å la oss være i fred, for at han og hans hus skulle være trygge.

«Kanskje karene som skjøt er nye, eller de har ikke fått beskjed om Alex ennå på grunn av dårlig kommunikasjon. Jeg skal personlig gi beskjed …»

«Kan *du* gi beskjed? Mener du å fortelle meg at du har kontakt med geriljaen …?» Det hørtes ganske utrolig ut.

«Naturligvis har jeg det. Hvordan tror du ellers jeg kunne drive våre fincaer og kafferaffineriet i fred her midt i såkalt fiendtlig territorium …? Det er penger de trenger, penger til å fortsette kampen. For øvrig har du sikkert også merket at jeg er velsett her oppe, nesten som en av dem å regne …» Det siste ble sagt med det triste halvsmilet jeg begynte å kjenne så godt. Nå tenker han på moren sin igjen, tenkte jeg.

Motstridende følelser kokte i meg. Lettelsen over at Alex ikke ville være i fare i Chatapango og det grusomme faktum at Carlos var med på å gi penger til å kjøpe våpen til den siden han ønsket skulle tape. Eller gjorde han kanskje ikke det …? Hadde han ikke sagt *såkalt* fiendtlig territorium? Foreløpig lot jeg spørsmålet ligge og ulme som en liten glo i bakhodet.

Jeg er mor, og de fleste mødre vil forstå meg når jeg bekjenner at all verdens politikk var uvesentlig for meg sammenlignet med min sønns sikkerhet.

Alex, hans kamerat, Carlos og jeg ble i Chatapango noen dager. Vi hadde det hyggelig som vanlig. Carlos kunne fortelle at urolighetene var over for denne gang. Urokråkene fra kløften var borte, helikoptrene var forsvunnet og ikke en bombe var falt over La Cañada. Han virket glad og fornøyd og vi snakket ikke mer om skyteepisoden, heller ikke om politikk, et tema jeg trodde var betent og forsøkte å unngå. Vi hadde så mye annet å snakke om og om kvelden kom han til meg.

Men så tidlig en morgen kom han stormende inn på mitt soveværelse. En sint opprørt mann jeg ikke hadde truffet før.

«Du må ta med deg guttene og dra tilbake til byen», befalte han. Jeg hadde sett ham som beleven verdensmann i Hamburg, som den perfekte gjest og vert hjemme hos oss i La Cañada og her i Chatapango, en herlig stefar og ektemann. Men mannen som sto foran meg den morgenen var en ny utgave av et menneske jeg trodde jeg kjente, til tross for hans innviklede sjeleliv som jeg mente jeg hadde forståelse for på grunn av to forskjellige kulturer som han var oppvokst med.

Ved å se ham slik skjønte jeg at dette var alvor. Aldri før hadde han snakket til meg på den måten. Jeg vekket guttene og sa at vi måtte komme oss av gårde til byen, at flyet ventet på oss. Carlos kjørte oss til flystripen. Han virket trett og nedfor, men klemte oss kjærlig før vi gikk om bord. Vanligvis fløy han selv, men denne gangen hadde han fått et annet fly til å bringe en pilot fra Guatemala by.

«Alt skal gå bra, querida», hvisket han til meg. Alt vil bli ordnet.» Jeg trodde fullt og fast på at vår plutselige avgang hadde noe med gutta på skauen å gjøre. Kanskje måtte det nye forhandlinger til …? At jeg hadde flere overraskelser i vente, kunne jeg ikke i min villeste fantasi forestilt meg.

En hyggelig avveksling fra mine grublerier om Carlos og hans underlige oppførsel kom grytidlig en morgen da telefonen på nattbordet mitt kimte. Det var Elisabeth.

«Gudskjelov at du er hjemme. Jeg trenger din hjelp. Jeg skal ha selskap i kveld for mange fra regjeringen og presidenten som har lovet å komme.»

«Jeg vet det. Invitasjonen ligger her, men Carlos kan ikke komme, han er opptatt i Chatapango.»

«Glem det», sa Elisabeth. «Det er kokken din jeg trenger. Min er syk og sengeliggende, og kjøkkenhjelpen har brukket armen.»

«Hva står på menyen?» Hun fikk alltid trykket menyer ved store anledninger.

«Potage vert, skalldyrcocktail, lammestek med grønnsaker og pommes soufflé, omelette Norvegienne.»

«Dette blir for mye selv for min Delfina. Hva mener du forresten med grønn suppe?»

«Suppen skal være grønn, det skjønner du vel?»

«Vi kan lage spinatsuppe. Steika og grønnsakene skal vi klare, likeens skalldyrene, men desserten må du bestille. Kanskje en iskake. En omelette Norvegienne med varm marengs og iskrem under vil vi ikke makte.» Desserten fikk meg til å tenke på Prinsen!

«Vi kommer», sa jeg, «Delfina, Yolanda og jeg, men du kan forberede David på at han må skrelle poteter og rense grønnsaker.»

Elisabeth lo. «Det gjør han sikkert om han må.» Jeg la kveldens finpynt, en flott kjole i svart og gull som Yolanda og jeg betraktet som vårt mesterverk i en pappeske. Hjelpen min sto nede og ventet iført sitt gallaantrekk. Delfina i sin fineste bunad og Yolanda i svart kjole og hvitt blondeforkle. De gledet seg øyensynlig til den spennende dagen. Samuel virket litt skuffet da vi kjørte av sted, men jeg forsikret ham om at hvis det var nødvendig skulle jeg sende bud på ham.

Elisabeth var i ferd med å dekke bordene sammen med stuepiken sin. Fire runde bord med plass til åtte personer, med fotside duker av rosa silke, blondeduker og ditto tilbehør av sølv og krystall.

Etter hvert fylte blomsterdekorasjonene hennes alle stuene. Mesterverk i alle sjatteringer av rosa som gjorde underverk i de store intetsigende rommene. (De var en arv etter den forrige ambassadøren, og vi ble så vidt ferdige med å omdekorere mottakelsesalen av huset med nye gardiner og møbler da den store skandalen inntraff.) Men denne kvelden, med blomster og levende lys inne, lyskastere rundt svømmebassenget og spotlights i parken, var det et inntagende syn selv for de mest blaserte.

Kjøkkenet kjente jeg fra før og visste hvor alt befant seg. Her hadde vi tilbrakt mange kvelder sammen vi fire med drinker, bridge og matlaging, men min antipati mot David som egentlig var en meget hyggelig mann sluttet aldri å plage meg. Det er lite en kan gjøre når følelsene tar overhånden selv når fornuften sier det motsatte.

Da servitørene som var innleid for anledningen ankom fikk jeg dårlig samvittighet for Samuel. Det var ikke mange indianergutter fra Chatapango som ville kunne skryte resten av livet av at han hadde servert landets president. Jeg ringte hjem og sa at han måtte komme så raskt som mulig.

«Vi trenger deg, Samuel. Ta på deg ditt fineste antrekk (med det mente jeg hvit jakke, hvit skjorte, svarte bukser og ditto tversoversløyfe). Du må hjelpe til med serveringen. Du kan ta bilen til don Carlos.»

Hadde jeg spurt: «Har du lyst til å komme for å se presidenten» hadde han svart «dessverre, Señora, jeg skal på engelskkurs i kveld.» Høflig, men bestemt, stolt og egenrådig som han var og derfor dyktig i sitt arbeid som han ville utføre perfekt.

«Maten var praktfull.» Jeg siterer presidenten sin takk-for-maten-tale. Deretter sa han litt om viktigheten av å komme sammen og bli bedre kjent med venner fra andre nasjoner som alle trengte hverandre.

Alle klappet, og det var da David som egentlig hadde sagt alt han hadde øvd seg på samme morgen på kjøkkenet reiste seg nok en gang. På en humoristisk måte fortalte han forhistorien til kveldens selskap som ikke kunne ha funnet sted uten hjelp fra en kjær venninne og hennes hjelpere. Så gikk han personlig ut på kjøkkenet og hentet Delfina og Yolanda som fikk hilse på presidenten. Samuel fikk ikke hilst på presidenten, men han fikk snakket med ham da han spurte om han ønsket mer saus og fikk et pent nei takk til svar.

Hva den «kjære venninnen» husker best fra den kvelden er at en minister av glemt status gjorde ubehagelige framstøt under bordet med hender, føtter og knær.

Omtanken fra Davids side for "mine folk" burde ha fått mitt hjerte til å smelte av takknemlighet, men gjorde det ikke.

Carlos ringte meg hver kveld med mange unnskyldninger om hvorfor han måtte bli i Chatapango så lenge. Dårlig kaffehøst, kardemomme likedan.

Jeg fortsatte med mine daglige gjøremål: gymnastikk, handling, bridge og Maya Fashion. Alt så ut til å være rolig igjen for en stund hva borgerkrigen angikk, men da jeg stoppet for rødt lys i sentrum en dag, og en mann ble skutt og havnet på panseret av bilen jeg satt i bestemte jeg meg for å kjøpe et våpen for å forsvare meg med. Det var enkelt å kjøpe en revolver. Mannen bak disken forklarte hvordan jeg skulle bruke den og anbefalte et kurs. Jeg gikk på kurs, lærte å skyte på blink og på folk av papp og beholdt den ved min side, hjemme eller i bilen inntil spetakkelet tok slutt. Heldigvis fikk jeg aldri bruk for den.

Nå var det Carlos som bekymret seg mest. Den lille gloen som hadde ligget og glødet i hodet mitt fikk varsellampen til å blinke og rope varsko. Noe var riv, ruskende galt. Mange ting hadde jeg forundret meg over i de tre årene vi hadde vært gift, men alltid hadde jeg funnet en logisk forklaring og avfunnet meg med det. Kanskje fordi jeg begynte å bli mer og mer glad i min noen ganger underlige ektemann med sine mange personligheter. Nå følte jeg at han også var tynget av bekymringer han ikke kunne dele med meg og at disse var i ferd med å ta overhånd. Den siste lille dråpen var at Carlos ble boende i Chatapango ukevis av gangen og bestemt nektet Alex og meg å komme. Nå måtte han ha total ro, var hans nye unnskyldning. For en som alltid forsøkte å tilbringe så mye som mulig av sin tid sammen med oss var dette meget besynderlig.

Jeg tenkte og tenkte fram og tilbake. Jeg måtte snakke med noen, jeg måtte betro meg til noen.

Den første som falt meg inn, var Sito. Han kjente Carlos bedre enn noen og han kjente meg. Jeg ringte en formiddag da jeg antok

Carlos hadde kjørt av sted for å se til fincaene og at Sito ville svare i telefonen.

«Sito», sa jeg og gikk rett på sak. «Don Carlos vil ikke at jeg skal komme til Chatapango. Vet du hvorfor …?»

«Don Carlos er trett for tiden og tenger ro. Han føler seg ikke helt bra.»

«Men hvis han er syk vil jeg gjerne være hos ham og hjelpe til selv om jeg vet at han er i gode hender.»

«No, no, Señora. Han er ikke sånn syk. Akkurat nå ligger han på rommet sitt og leser i bøkene sine.»

«Har det hendt noe spesielt i det siste …?»

«Tal vez si, tal vez no (kanskje, kanskje ikke)», kom det lavt fra den andre enden. Men så, sterkt og myndig:

«Jeg ber deg, Señora, du må ikke komme til Chatapango nå.» Så var jeg like klok, dog vitende om at det foregikk saker og ting som hverken Carlos eller Sito ville at jeg skulle bry meg med.

Fremdeles trengte jeg en å snakke med. Hva med Elisabeth …? Nei! Jeg slo det fra meg. Riktignok var vi nære venner, men ikke fortrolige nok til at jeg kunne tenke meg å brette ut privatlivet mitt for henne. En prest fòr forbi i min søkende hjerne. En snill, godmodig skriftefar som ville lytte, kanskje forstå mitt dilemma, men mest interessert i mine synder som ville fortjene ti Ave Maria og tjue Fader Vår i bot.

Det ble til at jeg bladde i telefonkatalogen og fant fram til en doktor i psykiatri og bestilte time.

Det begynte dårlig.

Jeg ble vist inn i hans lille stue av damen på forværelset. Den inneholdt en sofa, to gode stoler og et lite bord. Vi hilste formelt og han ba meg sette meg. Selv tok han plass i den andre stolen uten å si noe som helst. Jeg ventet på at han skulle ytre noen forløsende ord, men han bare betraktet meg alvorlig, nesten likeglad som om han samtidig tenkte på noe annet.

Minuttene gikk og ga meg tid til å beundre ham som etter min smak var en usedvanlig vakker mann. Han var høy og muskuløs med svart glatt hår som falt litt ned i pannen, gylden hud og store, mørke, magnetiske øyne. Jeg anslo alderen til å være omkring de førti og at han til tross for høyden måtte være helblods indianer. Altså måtte han være usedvanlig begavet siden han både var doktor i medisin og psykiatri og hadde studert ved et universitet i USA, høyst sannsynlig med hjelp av stipend. Mine antagelser viste seg å være riktige.

«Jeg kommer ikke for meg selv», sa jeg, lei av å vente.

«Det sier alle.»

«Denne gangen er det tilfeldigvis sant.»

«Ja vel, så sier vi det. Fortell meg bare rolig hva som bringer deg hit i dag. Det er viktig at du er åpen mot meg hvis jeg skal kunne hjelpe.»

Han installerte seg komfortabelt i stolen ovenfor min, lenet seg tilbake, foldet hendene i fanget og lukket øynene. Jeg på min side forsøkte å konsentrer meg om Carlos' og mitt samliv fra begynnelsen av.

Hvordan vi traff hverandre.

Hvorfor jeg kom til Chatapango.

Hastverket med å gifte oss i all hemmelighet.

Overføringen av hus og eiendommer til meg.

Octavio Rivera våknet av dvalen, så på klokken og sa at min tid var ute. «Vi ses neste uke», forkynte han kort. «Avtal tid med kontordamen.»

Jeg var ikke blid da jeg gikk ut. Nå som jeg var kommet så godt i gang kunne han godt hørt på meg litt lenger! Men det forundret ikke at jeg var på plass uken etter og fortsatte å utgyte meg.

«Vi var kommet til hus og eiendommer, du kan fortsette der du slapp», var alt han sa før han lukket øynene og overlot ordet til meg. Jeg samlet tankene og lekset opp.

Leiligheten til Carlos som jeg aldri fikk se, men måtte bo på hotell.

Travelheten med å bygge huset mitt i hovedstaden.

Bøkene som kun handlet om voodoo og svart magi.

Forandringen i min manns personlighet da vi var i Tyskland.

Mangelen på omgang med venner både i Chatapango og i hovedstaden når han så ut til å like seg blant folk.

Igjen var timen over og min hjelper i nøden hadde ikke sagt et pip. Først tredje gangen fortalte jeg at Carlos nå hadde begravd seg i Chatapango og nektet å se meg og hvorfor det føltes så skremmende. For første gang kom den hittil umælende psykiateren med et spørsmål.

«Hvordan hadde dere det på det ekteskapelige plan?» Som en disippel av Freud måtte han naturligvis spørre om det, tenkte jeg forbitret. Hva vi gjorde i sengen hadde ingenting med problemet å gjøre slik jeg så det.

«Vi har hatt det godt og riktig sammen på alle måter, svarte jeg stivt.»

«Altså har du ingenting å klage på i så henseende …?»

«Jeg har ingenting å klage på «i så henseende». Jeg begynte å bli sint. Octavio Rivera og jeg hadde tilbrakt gud vet hvor mange timer sammen, og når han først så ut til å våkne var det vårt sexliv han interesserte seg for!

Legen så min sinnsstemning og skiftet tema.

«Hva med din manns forhold til barna dine?»

«De er gjensidig glade i hverandre.»

Da jeg forlot ham den dagen var jeg så eitrende sinna at jeg bestemte meg for aldri å se ham mer, men uken etter stilte jeg opp som vanlig.

Vi begynte på nytt, med flere detaljer denne gangen og jeg pratet og pratet. Carlos sin forbindelse med geriljaen nevnte jeg aldri fordi jeg på en eller annen måte ikke følte at det hadde noe med oss å gjøre.

Nok en gang var det min skytsengel som hadde satt meg på rett spor, selv om det tok lang tid før jeg ble opplyst.

Det tok dusinvis av timer i lenestolen før Octavio sa til meg en dag før jeg skulle gå:

«Du behøver ikke bestille ny time, jeg ser situasjonen din klart for meg.»

«Men hva med meg da? Jeg er akkurat like forvirret nå som da vi begynte. Du har ikke hjulpet meg i det hele tatt, ikke et eneste råd har du gitt meg», sa jeg sint.

«Vi får se.» Og så smilte han til meg, varmt og inderlig med kritthvite sterke tenner. «Jeg underviser på universitetet hver morgen mellom klokken åtte og ni», fortsatte han. «Det ville glede meg om du kunne komme, for jeg tror det er mye som kan interessere deg av mine forelesninger. Hvis du er enig, skal jeg gi beskjed i porten om å slippe deg inn.»

«Det vil jeg gjerne.» Jeg nølte ikke et øyeblikk. Mine daglige dansetimer måtte vike plassen for ønsket om å lære om psykiatri.»

«Vårt pasient-lege-forhold er herved avsluttet, men det forhindrer ikke at det jeg eventuelt kommer til å fortelle deg i framtiden, på vennskapelig basis hvis jeg finner det nødvendig, må bli mellom oss.» Jeg kunne bare nikke samtykkende overveldet av smil og vennlighet.

Neste morgen satte jeg håret opp i hestehale i håpet om at det ville få meg til å se yngre ut blant studentene og troppet opp til avtalt tid.

Det jeg opplevde fra første stund var et fullt, musestille auditorium av unge mennesker som sugde til seg hvert ord professoren ytret. Stemmen hans var mørk, lavmælt, men tydelig. Ved senere anledninger da forelesningen handlet om hypnose brukte han den til å få hele forsamlingen i dyp søvn. Selv de som ikke ville la seg hypnotisere. Doktor Rivera var en fabelaktig foreleser som kunne sitt fag, med evnen til å formidle sin kunnskap til andre. Når han begynte å snakke, uten papirer å støtte seg til, hadde han alle i sin hule hånd. Nesten som en trollmann å regne.

Det med «trollmann» skal jeg snart komme tilbake til.

Helt uten forvarsel kom Carlos hjem til La Cañada. Han var tynn og blek og virket syk. På mitt spørsmål om hva som feilte ham måtte han medgi at han hadde vært plaget av et mageonde som Sito tok seg av.

Jeg fortalte om mine klasser på universitetet, men unnlot å fortelle om besøkene mine hos psykiateren.

«Hva heter professoren som foreleser?»

«En doktor Rivera. Kjenner du ham?» sa jeg likegyldig.

«Jeg vet hvem han er, men jeg kjenner ham ikke.» Men jeg så at en skygge gled over ansiktet hans.

«Hvis du ikke føler deg bra synes jeg du bør bli her i byen en stund. Det finnes mange gode leger her som kan finne ut hva som feiler deg, og jeg skal passe på deg.»

«Det kommer ikke på tale. I morgen tidlig drar jeg til Chatapango.»

«Men så kan jeg vel bli med deg?»

«Ikke i helvete. Du blir her, forstått?» Det at min forhenværende, godmodige ektefelle brukte banneord mot meg gjorde meg forferdet. Hvor var det blitt av mannen jeg trodde jeg kjente, min hyggelige ektemann …? Jeg insisterte ikke.

«Hvorfor kan vi ikke reise til Chatapango?» spurte Alex.

«Jeg vet ikke, men det er sikkert noe som foregår der oppe. Noe som Carlos vil holde oss utenfor.»

«Det har nok noe med geriljaen å gjøre», avgjorde Alex bestemt. Det forundret meg at det var hans første tanke siden jeg ikke hadde nevnt noe for ham om Carlos og hans forbindelse med frigjøringsfronten. Jeg gikk ut ifra at emnet ble diskutert i kameratkretser selv om jeg trodde de bare tenkte på sport, fester og moro.

Igjen var Alex og jeg alene.

Hver morgen gledet jeg meg til forelesningene og mente jeg begynte å skjønne litt av sjelens irrganger. For mange år siden hadde jeg kjedet meg gjennom bøker av Freud og Jung, men nå ble stoffet gjort mer levende og tilgjengelig, og jeg ble fasinert. Nå savnet jeg timene sammen med Octavio. Det var ikke nok å se ham på mange meters avstand. Jeg ønsket å fortelle ham om Carlos' siste raseriutbrudd og at han hadde brukt grove ord mot meg.

Men så skjedde noe som fikk meg til å glemme meg selv og mine bekymringer for noen dager. Jeg hadde startet bilen da Samuel kom løpende ut.

«Det er doña Elisabeth på telefonen. Hun sier det haster.» Litt ergerlig gikk jeg inn igjen. Hva var det nå? Et nytt selskap med syke hjelpere? Nei, langt ifra. Denne gangen var det adskillig alvorligere.

«Det er bare meg», hulket min kjære venninne. Det var så vidt hun klarte å snakke.

«Politiet har nettopp vært her og hentet David. For alt jeg vet sitter han i fengsel nå.»

«Sikkert ikke», sa jeg beroligende. «David har diplomatisk immunitet og kan ikke fengsles her i landet. Han kommer snart tilbake når de finner ut at de har begått en feil.»

«Er du sikker på det ...?»

«Jeg tror i hvert fall det.»

I stedet for å kjøre til sentrum og universitetet dro jeg til Elisabeth for å trøste henne og prøve å finne ut hva som var i ferd med å skje. Begge var vi overbevist om at det hele var en forferdelig misforståelse.

Så langt så godt, men noen stor misforståelse var det ikke. Et par timer senere var David hjemme igjen, fulgt av biler med uniformert politi og klar beskjed. Han var uønsket i Guatemala og måtte forlate landet og ambassaden innen 24 timer. Alle hans eventuelle eiendeler var beslaglagt sammen med hans bankkonti. Der og da fikk vi ikke vite om hans brøde, men den var stor. Helt siden han kom til landet hadde han drevet en utstrakt smuglervirksomhet av whisky som han hadde solgt med stor fortjeneste.

Vi hjalp David å pakke den kostbare garderoben som utgjorde mange kofferter og tok et tåredryppende farvel før David skulle møte sine dommere i Brasil.

Vi dro hjem til meg. Elisabeth med sine tre barn og en barnepike som hun på død og liv ville ha med.

«Nå må du klare deg uten», sa jeg «du har ikke råd til henne.» Den triste sannheten var at Elisabeth var blakk som en kirkerotte. Det eneste hun eide i hele verden var Mercedes-en som sto i hennes navn og som hun fikk solgt.

Elisabeth tok til fornuft og lot barnepiken gå. For folkene mine som aldri hadde nok å gjøre ble det noen ukers avveksling med skrik og skrål fra barn i huset, noe de hadde stor moro av. Som alltid når det røyner på forsvant «vennene» hennes. Ingen invitasjoner hverken til mottakelser, damebridge eller selskap. Fra dag til annen var Elisabeth persona non grata, og jeg med som huset henne.

Det var på grunn av den verdifulle bilen vi overlot David til sin skjebne og dro i hui og hast fra ambassaden en fatal formiddag. Frykten for at den også skulle bli beslaglagt uten hensyn til hvem eieren var på papiret.

I tre uker drev vi med tøffe forhandlinger og ga oss ikke før vi oppnådde en god pris. Elisabeth tok ut nok til reisen tilbake til Tyskland og resten satte vi inn på min konto så jeg kunne overføre dem til hennes mor når hun ga meg beskjed. Ikke uten grunn var vi redde for at de som voktet på Davids uhumskheter ville stoppe transaksjonen hvis de oppdaget navnet hennes. På den måten gikk alt bra, og Elisabeth var ikke helt pengelens da hun kom tilbake til sitt fedreland og barndomshjemmet.

Det kan ikke ha vært lett for Elisabeth å komme luskende hjem til Mutti med halen mellom beina, tre unger på slep og mannen i fengsel, men moren bebreidet aldri sin datter med et ord.

Den aldrende grevinnen var et usedvanlig fint menneske som jeg fikk den ære å bli kjent med noen år senere da jeg besøkte dem.

I begynnelsen brevskrev Elisabeth og jeg flittig. Hun bodde i et gammelt slott sammen med moren sin utenfor München. De to yngste barna gikk i barnehage, den eldste gikk på skolen, og selv jobbet hun i et reisebyrå. Ikke et ord om David.

Hun var en doven, dårlig brevskriver. Aldri en detalj om noe som helst, kun tørre saker. Etter hvert døde vår korrespondanse en naturlig død av mangel på næring. Det var først etter at jeg hadde bosatt meg i Norge og var i München på jobb at det falt meg inn å besøke henne.

Jeg husket pikenavnet hennes og sa «her er jeg» over telefonen.

«Mein Gott», utbrøt Elisabeth. «Hvor er du, hva gjør du her, hvor kan jeg hente deg?»

«Jeg er på jobb og bor på Vier Jahrezeiten (nok en Vier Jahrezeiten, men ikke på langt nær så gedigen som den første). Hun hadde ikke engang trengt å spørre hvem jeg var selv etter så mange år, og da vi møttes var det som om vi aldri hadde vært borte fra hverandre. Våre felles minner og alt vi hadde opplevd bandt oss sammen.

Vi føk ut av byen og ut på landet uten å si stort. Etter en times kjøring slakket Elisabeth på farten gjennom en landsby og stoppet 2CV-en foran en bro som førte over en vollgrav. Foran oss steg en enorm mur opp.

«Dette er inngangen til den nest eldste delen av tidlig middelalder som du ser», fortalte min cicerone. «Den romerske delen ligger helt på den andre siden, jeg skal vise deg den senere om du er interessert.

«Med glede», var det eneste jeg fant på å si. Vi humpet inn på en enorm, brolagt gårdsplass som var omgitt av antikke bygninger fra forskjellige epoker.

«Vi bor her», opplyste Elisabeth og stoppet foran et lite palass fra Ludvik den 14. sin tid. Elisabeth tutet, og en nydelig eldre dame kom ut øverst på trappen for å ta imot oss.

«Det gleder meg å møte deg», sa hun og omfavnet meg. «Elisabeth har fortalt meg hvor mye du betydde for henne da hun hadde det vanskelig. Hun mente det, for hun var ikke typen til å klemme folk i hytt og vær.

At den store kjærligheten eksisterer, den som ikke ser forskjell på lort og lilje og ikke har noen vilje, fikk jeg syn for sagn for da vi satte oss ned for å spise lunsj. For hvem andre enn David var det som kom spradende inn i høye støvler, hvite ridebukser og en pisk i hånden, sprudlende av frisk luft, sjarm og sin egen fortreffelighet.

Han kysset sin svigermor på hånden, meg på kinnet «hyggelig å se deg igjen» og ga sin hustru et kyss på munnen. Vi andre lyttet mens han fortalte om sin ridetur på eiendommen hvor han hadde konstatert at landarbeiderne så ut til å arbeide som de skulle og at grøden vokste slik også den skulle.

Etter forestillingen om den aldrende diplomaten som hadde trukket seg tilbake for å overvåke sitt gods, gikk vi hver til vårt for å hvile, men den gamle grevinnen stoppet meg i døren.

«Elisabeth har fortalt meg at du er morgenfugl, og det er jeg også. Vil du spise frokost sammen med meg?»

«Med fornøyelse, men jeg vet ikke hvordan jeg skal finne fram til leiligheten din.»

«Jeg skal sende hushjelpen for å hente deg. Altså sier vi i morgen klokken sju.»

«D'accord.» Hun snakket perfekt fransk, og min tysk var rusten.

Jeg var blitt henvist et lite rom langt borte fra spisesalen og oppholdsrommet som var for kaldt om kvelden, men hos meg var det en elektrisk varmeovn. Det var der vi samlet oss, Elisabeth, David og jeg og spiste middag. Triste greier, kald mat etter å ha blitt fraktet milelangt langs mørke korridorer. Det fikk meg til å tenke på Versailles hvor maten alltid kom kald til kongens bord på grunn av den lange avstanden fra kjøkkenet. Lite hjalp det da hvor fint pyntet den var.

David la ut i det lange og det brede om hvor urettferdig han hadde blitt behandlet i Guatemala, og det tok et par timer. Elisabeth og jeg så på hverandre i et felles ønske om bare være sammen og prate vi to, men det kom aldri mer på tale. Han voktet på gullfuglen sin som en smed. Jeg tror han mislikte meg like mye som jeg mislikte ham.

Det var i løpet av de neste tre frokostene med grevinnen at jeg fikk innblikk i et liv av sorger, nesten mer enn et menneske kan makte, men uten selvmedlidenhet.

Hvorfor hun valgte meg til å betro seg til hadde med David å gjøre. Hun tålte ikke synet av mannen hvilket jeg heller ikke gjorde, og hun visste at jeg kunne fortelle henne om hva som egentlig hadde foregått i Guatemala, hvilket til sjuende og sist ikke forandret på noen verdens ting.

«Men jeg ser jo ikke så mye til ham. Jeg holder meg mest for meg selv.» Hun sukket tungt «og så har jeg jo min kjære datter i nærheten.»

Historien som ble fortalt meg var som følgende:

Elisabeth var grevinnens eneste gjenlevende barn. Sine to sønner hadde hun mistet på slagmarken i Russland. Mannen, en høytstående offiser og nasjonalsosialist kom noenlunde helskinnet hjem, men døde en kort stunde senere. Av sorg og gremmelse mente hun. Godsets eiendommer ble konfiskert, og markene som David red rundt og «inspiserte» som slottsherre tilhørte ikke henne, men staten. Det var de forhenværende leilendingene som forpaktet dem.

«Men ruinene er mine så lenge jeg lever. De har stor historisk verdi, og myndighetene fant sikkert ut at de ville holde seg bedre når noen bodde her. Her har jeg bo- og bruksrett til jeg dør.

«Bruksrett?» sa jeg vantro. «Det må da bare være utgifter …?»

«Langt ifra. Jeg leier bort til filmselskaper som trenger ekte kulisser, tar imot turister og får gode inntekter. Nok til eget forbruk og til å holde alt noenlunde i orden. Det var jo mitt barndomshjem», la hun til med et smil.

Jeg har skrevet kort og tørt om denne menneskelige tragedien, en av de mange i historiens kjølvann slik den ble fortalt meg. Full av beundring for det spinkle, lille mennesket med den ukuelige viljen som satt på den andre siden av frokostbordet.

Bare det at hun hadde klart å overleve tapet av to sønner med vettet i behold syntes meg utrolig når jeg husker hvor vettskremt jeg hadde vært da min Alex var i fare.

Av hele mitt hjerte beklaget jeg for meg selv at hun hadde vært så uheldig med svigersønn og at Elisabeth var så betatt av sin sol-og-vårmann.

Jeg kjørte tilbake til München sammen med Elisabeth, og da vi endelig hadde noen minutter for oss selv uten David hengende på lur spurte jeg henne hvorfor hun aldri hadde fortalt meg noe av dette.

«Å, du vet … jeg var flau nok over å være tysk. Jeg orket ikke å snakke om det.»

«Men jeg fortalte deg jo om hva som hadde hendt meg og min familie. Det burde ha gitt deg en god anledning.»

«Forskjellen er at du er norsk, ikke tysk. Du behøver ikke bære byrden av det kollektive ansvaret for alt det grusomme som hendte her.»

Mon det, tenkte jeg som blir skjelt ut som nazist så ofte anledningen byr seg av mennesker som ikke liker meg. Uansett hva det gjelder.

Tilbake til Guatemala og mine problemer den gang. Tilbake til universitetet og Octavio Rivera.

Da forelesningen var slutt og studentene strømmet ut holdt han meg tilbake.

«Bli med meg og spis frokost. Jeg vet om et koselig sted.» Det «koselige stedet» befant seg i slummen innen gangavstand. To planker foran et vaklevorent bord med slitt voksduk under et firkantet grått tøystykke knyttet til fire påler. Men det var åpen ild der, og duften av nystekte tortillas og frijoles, svarte bønner, kilte behagelig i neseborene.

«Hvorfor har jeg ikke sett deg de siste ukene?» var det første han sa. «Har det hendt noe særskilt …?» Jeg fortalte om Elisabeth og hennes viderverdigheter …

«Det kjenner jeg til. Ryktene har gått om den griske ambassadøren. Men hva med deg? Har Carlos kommet tilbake fra Chatapango?»

«Nei, han har ikke vist seg. Sito forteller at han lider av vondt i magen, men Alex mener han kanskje har trøbbel med geriljaen.»

«Det tror jeg ikke. Sønnene hans er skikkelige karer som ikke har noe imot far. Han har alltid tatt seg godt av dem.»

«Sønner! Har Carlos voksne sønner!» Det var nesten så det svimlet for meg.

«Så du vet ikke det.» Otavio så betenkt ut. «Så vet du vel heller ikke at han også har en voksen datter som er gift nå?» Jeg bare ristet på hodet inntil jeg klarte å fordøye de utrolige nyhetene.

«Altså har han allerede en familie», pep jeg endelig.

«Ikke bare en, men to», korrigerte Octavio. «Guttene og jenta har forskjellig mødre. Begge indianerkvinner fra Chatapango.

Skikkelige mennesker som setter pris på mannen din som alltid har tatt ansvaret for dem og barna.»

«Hvordan i all verden vet du alt dette? Hvordan har du hatt samvittighet til å la meg legge ut time etter time uten å gi meg det minste snev om sannheten?»

«For det første trodde jeg du visste mer om Carlos sin bakgrunn, og for det andre har det ingenting med dine problemer å gjøre. Det er en kjent sak blant oss at din mann har hatt forbindelser med mange kvinner.» Men jeg var ute etter mer.

«Hvem er oss?» ville jeg vite.

«Vi vanlige mennesker på grasrota som vet alt om alle av betydning utenfor din bekjentskapskrets.» Det siste syntes jeg var spydig.

«Men hva da med mer informasjon siden du allerede vet alt?»

«Fordi jeg som din lege vil deg vel og ikke ønsker å miste en pasient mellom hendene mine. Hermed forbyr jeg deg å dra til Chatapango. Det er en ordre inntil jeg gir deg tillatelse.»

Kryptiske ord som gjorde meg mer og mer nysgjerrig.

«Vi sees om en uke.» Octavio reiste seg raskt og forsvant i vrimmelen av mennesker. Jeg lette meg fram til de ukjente gatene i et område av byen jeg aldri hadde vært og fant til slutt bilen. Det var da jeg kjørte hjemover i sakte fart at nysgjerrigheten gikk over til total forvirring. Hvis jeg ikke hadde noe å frykte fra geriljaen hvor jeg etter sigende hadde to «stesønner» som passet på oss og at deres mødre var skikkelige kvinner som var velvillig stemt overfor meg kunne jeg ikke for mitt bare liv forstå hvorfor alle, Sito, Carlos og nå Octavio så innstendig beordret meg om å holde meg vekk fra Chatapango. Sitos ord falt meg i hu: «Du må alltid omgi deg med folk du kan stole på, Señora.»

Dette måtte jeg forsøke å få klarhet i.

Uten å be noen om lov, uten å melde min ankomst leide jeg et småfly, gikk de få kilometerne fra flystripen hvor flyet til Carlos sto.

Hva jeg mente å finne har jeg ingen formening om, men hva jeg fant var et hus stille som døden og min mann i sengen sin i ferd med å drikke en kopp urtete. Han så syk og herjet ut og virket nesten glad over å se meg. Om han var sint så hadde han ikke krefter til å vise det.

Da Sito som ikke hadde lagt merke til min tilstedeværelse kom inn på rommet ble han blek.

«Señora, hva gjør de her?»

«Jeg har kommet for å hente don Carlos. Du må hjelpe meg å få ham på beina og inn i flyet.» At jeg hadde gitt beskjed til flyveren om å vente hører også til de mange ting som ikke kan forklares. En slags syvende sans, eller min skytsengel som ga meg beskjed.

«Sito», sa jeg innstendig på veien til flystripen. «Du og jeg er gamle venner. Nå må du fortelle meg hva som er i ferd med å skje.» Vi satt foran og Carlos lå i baksetet og slumret, han hadde blitt med uten protester.

Sito så fortvilet på meg og bøyde hodet uten å svare. Dette var som omertà, den sicilianske mafiaens forbud mot å snakke med fare for ens liv.

«Men du, Señora», sa han endelig da vi hadde plassert Carlos i flyet «du må ikke komme tilbake hit. Du er i livsfare, men don Carlos vil bare bli syk.» Jeg så at det kostet ham. For gammelt vennskaps skyld hadde han overskredet en grense som jeg bare så vidt begynte å ane konturene av. En magefølelse om at mørke makter var på ferde et eller annet jeg ikke hadde anelse om.

Carlos hadde begynt å kvikne til, og det rare var at han virket lettet nå som jeg hadde overtatt styringen. Vi dro direkte til legen som lyttet oppmerksomt mens Carlos fortalte om sin dype depresjon, totale mangel på energi og matlyst, de konstante smertene i magen og hodet. Legen konkluderte med at så vidt han kunne skjønne dreide det seg om et «nervøst magesår» påført av overarbeid og feil mat. Vi fikk med oss en liste over hva han kunne spise og en del piller som skulle dempe smertene. Svaret på røntgenbildene som ble tatt skulle vi få dagen etter. Det som viste at hans mage var hel, uten tegn på sår.

Men før det fikk vi ikke bruk for hverken medikamenter eller diettliste. Allerede samme kveld forlangte Carlos sin Dry Martini, spiste med god appetitt og nektet å ta for seg av sykematen jeg hadde tilberedt. Vi drakk vin, pratet og lo av Alex sine historier fra skolen. For en mann som hadde virket døden nær om morgenen var han usannsynlig oppesen. Overstrømmende glad for å være sammen med oss igjen i La Cañada.

Måten han var på den kvelden kan ikke ha vært skuespill. Riktignok var han en god skuespiller, men så god var han ikke. Det gir meg grunn til å tro at han ennå ikke var medvitende i dramaet som var i ferd med å utfolde seg. Ikke da, men at han senere ble involvert av krefter som var sterkere enn hans vil resten av historien vise. Men Sito <u>visste</u>, det var jeg overbevist om. Så vettskremt som han hadde vært blir ingen uten grunn.

Da Carlos hadde sovnet ble jeg liggende å fundere. Min nye viten om Carlos og hans to familier var jo litt av et sjokk, men på den annen side var det en del av hans fortid jeg ikke hadde noe med. Om han hadde valgt å benytte sin «droit de seigneur» i sin ensomhet i Chatapengo vedkom egentlig ikke meg, og at han hadde valgt å ikke informere om sine «ungdomssynder» var hans sak. Jeg hadde aldri bedt om noen CV. Meg hadde han gitt mer enn nok: kjærlighet, omsorg, respekt, gods og gull. Og Octavio hadde forsikret meg om at førstekonene ikke ville oss noe vondt. At de var takknemlige for «Herren» som tok seg så godt av dem og deres avkom og at de ikke misunte ham meg. Nå som Octavio også hadde sagt meg at «alle vet alt» følte jeg at dette var sant. De siste måneders hendelser hadde ingenting med nåværende tilstand å gjøre. Overalt hvor jeg hadde vært rundt i omegnen hadde jeg blitt mottatt med smil og vennlighet. «Quo vadis, Domine?» Jeg var som Peter på veien til Damaskus og oppdaget plutselig at jeg var på feil vei.

Jeg bestemte meg for å la fortiden ligge der den lå og finne ut hva som var i ferd med å skje her og nå. Hvorfor henge meg opp i det som hadde vært. For alt jeg visste kunne Carlos ha hatt dusinvis av elskerinner rundt omkring!

Dusinvis er kanskje en tanke overdrevet, men det fikk meg til å tenke på at det muligens fremdeles var en tredje person inne i bildet. En som hadde bodd i Carlos sin leilighet, den jeg aldri fikk se og som ikke var «meg verdig» og som ikke var fullt så vennlig innstilt! Det kunne forklare hvorfor Carlos hadde villet gifte seg så raskt og i all stillhet for å stille en besværlig kjæreste foran et «fait accompli» så hun ikke skulle volde problemer. En som ikke var så lett å hanskes med som de andre …?

Men dette var jo mange år siden! Kunne det ha seg slik at denne personen var høyst oppegående og kun hadde ligget i dvale? Eller at Carlos hadde hatt forbindelse med henne hele tiden? At det var derfor Carlos ville være for seg selv i Chatapango ukevis av gangen, på grunn av en uimotståelig ukjent rivalinne? Med det forklarte ikke hvorfor han var blitt så syk. Avkreftet, ja vel, hvis det var netter med sexorgier det gikk ut på, men ikke i den elendige tilstanden han var da jeg brakte ham tilbake.

Flyktige tanker og løse tråder spant rundt og rundt i mitt opprørte sinn.

Mine tanker og mistanker beholdt jeg for meg selv. Jeg ville ikke ødelegge ekteskapet vårt med beskyldninger utgått fra min fantasi nå som alt så ut til å være i gjenge igjen.

I flere måneder levde vi som vanlig. Carlos på kontoret, jeg med mine sysler. Alex på skolen, selskap iblant og weekends i

Chatapango sammen med bekjente. Jeg fortsatte å møte opp til timene i psykiatri, uten at Octavio bød på flere frokoster.

Hver dag når jeg var i Chatapango tok jeg lange rideturer i omegnen og utforsket fremmede steder. Gjennom skogen, forbi maisplanter og kaffebusker og eim av kardemomme.

Denne morgenen skinte solen, luften var ren etter nattens skybrudd, klar og skinnende. Jeg nøt solen, jeg nøt skyggen under trærne og var like glad til sinns som solstrålene som danset.

En kvinne kom imot meg på den smale skogsveien. Hun var usedvanlig vakker. Huipil-en, den korte, hvite blusen blafret som en sommerfugl i brisen. Det blåsvarte håret var flettet til en tykk kveil som endte i en stor rød sløyfe midt på ryggen.

Jeg stanset hesten og hilste, men hun besvarte den ikke. Stoppet kun en brøkdel av et sekund og gjennomboret meg med et blikk så fylt av hat at jeg fikk gåsehud og ble sittende som lammet. Så fant jeg en omvei for ikke å støte på «trollkjerringa» som jeg kalte henne i mitt stille sinn og diltet hjemover.

Carlos satt i spisestuen og spiste en sen frokost. Han reiste seg da jeg kom inn.

«Hei, morgenfugl. For en deilig dag! Har du hatt en fin tur? Sett deg ved siden av meg og ta en kopp te.» Jeg forble stående.

«Nei», sa jeg matt. «Jeg møtte et kvinnemenneske som holdt på å drepe meg med blikket sitt. Hun oste av ondskap.»

«Så da, så da, querida mia (min elskede)», han la armene rundt meg. «Du må ikke være så nærtagende. Det kan jo hende at det finnes noen som ikke liker deg!» Det siste sagt i en spøkefull tone.

«For øvrig tror jeg det vil være fornuftig av deg om du i framtiden ikke har så mye samkvem med disse kvinnene. Du behandler dem som dine likeverdige, og det kan det ikke komme noe godt ut av. Uten å vise tegn på sinnsbevegelse av noe slag sto min utrolige husbond og beskyldte meg for overdreven fraternisering med indianerkvinnene. Jeg som bare kjøpte sjal av dem og ga dem arbeid mens han hadde barn med i hvert fall to av dem!

Men den viten som Octavio hadde betrodd meg, ville jeg som før nevnt beholde for meg selv inntil Carlos fant tiden moden til å innvie meg i sin innviklede fortid. I hvert fall ikke nå som vi hadde det så bra.

Flere uker gikk som vanlig i skyttelfart mellom vårt hjem i La Cañada og Chatapango hver ukeslutt. Som oftest bare vi tre, men også sammen med bekjente.

Det var grytidlig en morgen før Sito var kommet til meg med frokosten på trallen at jeg bestemte meg for å ta en tur på kjøkkenet for å diskutere dagens meny med kokka. Carlos hadde svenske forretningsforbindelser på besøk som jeg ville gjøre litt ekstra for.

Jeg gikk gjennom den lange svalgangen, inn gjennom grovkjøkkenet og anretningen, og stoppet brått foran døren til selve kjøkkenet da jeg hørte Sitos stemme, hard og sint.

«Jeg har forbudt deg å komme hit. Jeg vil ikke at «mi Señora (min frue) skal se deg.»

«Jeg vet jo at du liker din patrona, men jeg har ikke tenkt å gi fra meg det som er mitt.» Stemmen til den fremmede var mørk og dyp. Med unntak av ordet patrona (sjef) foregikk samtalen på quiché, men selv om jeg ikke snakket språket forsto jeg det meste.

«Ta dette brevet og gi det til don Carlos», fortsatte den ubudne gjesten, «og her har du en pakke med urtete som vil gjøre ham godt.»

«Av meg vil han hverken få brev eller 'bebida de bruja' (heksebrygg).»

Jeg hostet lydhørt for å tilkjennegi min ankomst, og da jeg åpnet døren fikk jeg så vidt glimt av en svart flette med rød sløyfe over en hvit huipil som forsvant ut den andre døren.

Luften på kjøkkenet dirret. Vibrasjonene slo imot meg som en vegg. Sito, kokka og kjøkkenhjelpen sto som stivnet. Selv var jeg skjelven i knærne og dro fram en krakk for å sette meg.

«Har dere hatt besøk så tidlig på morgenkvisten» Jeg mente å høre stemmer.»

«Å det», sa Sito uskyldig og betraktet flisegulvet som om han aldri hadde sett det før. «Det er bare en gammel kone med mange barn og en syk mann som kommer hit for å tigge etter matrester.»

«Jaså», sa jeg, «Ja vel. Gi henne alt hun trenger. Jeg synes bare at det var rart at hun gikk sin vei uten å si god dag.»

«Hun er 'mal educada' (dårlig oppdratt)», sa Sito. «Gå tilbake til rommet ditt og jeg skal komme med frokosten.» Øyensynlig lettet over samtalens vending.

På en måte var også jeg lettet. Nå hadde jeg visshet om at en tredje kvinne fantes, en bruja (trollkvinne) som ville ødelegge vårt ekteskap. Jeg hadde følt onde øyne gjennombore meg, og Sito hadde nevnt «bebida de bruja» (trollbrygg). At det var virkelig fare på ferde hadde jeg vanskelig for å tro, og jeg undervurderte ikke mørkets makter. Svart magi og voodoo eksisterte fremdeles i beste velgående i Mellom-Amerika som mange andre steder i verden. Og jeg hadde lest Carlos sine bøker, hans sengelektyre. Og jeg hadde lest morens bøker. Den gamle damen som var så tung at hun ikke kunne gå, og tilbrakte sitt liv med å hekle og spise søtsaker mens hun søkte helbred i urter, magi og stjernene. Og leste rosenkransen, splittet mellom den nye tro og den gamle som de katolske conquistadorene ikke hadde klart å utrydde.

Jeg så for meg Carlos som liten gutt med en mor som allerede var mer opptatt av det hinsidige enn barnet som ble oppfostret av indianske barnepiker, og en streng far som nektet sin sønn å leke med landsbyens barn fordi han skulle bli en ekte tysk godseier. De eneste som ga ham kjærligheten han trengte var tjenerskapet.

Han måtte bli spaltet.

De første årene av vårt liv er en byrde vi bærer med oss på godt og vondt. Inntrykkene, opplevelsene fra den gang verden var ny vil aldri forsvinne. Det er et stempel som står svidd inn i kroppen vår og som alltid vil bli der hvor mye vi enn gnukker og gnir. Hvilket ikke forhindrer at vi siden kan velge uten å skylde på fortiden.

Da Carlos kom tilbake etter mange år i Tyskland var han blitt en flerspråklig europeisk forretningsmann, men gjensynet med Chatapango må ha vært sjelesprengende. Den vidunderlige naturen, barndomshjemmet med lange korridorer og klatrende bougainvillea, duften av sjasmin, kaffe og kardemomme. De vakre fargerike kvinnene som viste sin nye «don» ærbødighet og bare ventet på å bli plukket.

Slik jeg ser det i dag var Carlos ennå vinglete og vaklende mellom to kulturer i mange år inntil han oppdaget meg som skulle føre ham inn på den rette vei. Veien inn i sivilisasjonen og godtfolks selskap i henhold til hans stand og stilling, og samtidig en gang for alle fri ham fra det farlige, plagsomme kvinnemennesket.

Kvelden sammen med de svenske gjestene ble mer enn vellykket. Benket rundt bordet som skinte i hvit damask, levende lys, sølv og krystall nøt vi et utsøkt måltid. Carlos insisterte på å snakke svensk, og vi skålte for Sverige, Norge og Guatemala. Deretter gikk vi inn i peisestuen hvor Sito serverte kaffe og konjakk. Carlos satte seg ved flygelet, lot fingrene løpe over tangentene, og herrene som nå var i strålende humør begynte å synge. Evert Taube-viser runget i gamlemors salong, og Carlos akkompagnerte uten vanskeligheter. Han var så musikalsk at han kunne spille hva som helst, selv vanskelige stykker fra notebladene og likevel følge enhver melodi etter gehør.

Ved tolvtiden sa vi god natt og gikk hver til vårt. Den lange dagen som hadde begynt så dårlig med det vemmelige møtet endte godt. Jeg hadde vært «den perfekte vertinne». En tur til hest, grilling og krokettspill på plenen, timevis med å tilberede kveldsmaten sammen med kokka. Det jeg hadde beflittet meg på ved denne anledningen var at maten skulle være typisk for landet, men samtidig velsmakende for uvante ganer. Carlos hadde fortalt meg at disse karene var viktige for hans eksport til Sverige.

Jeg var sliten og gledet meg til sengen.

«Tingen» jeg fikk øye på da jeg tente lyset og begynte å kle av meg gjorde meg kvalm. Den lå på hodeputen min. En avkuttet hønefot, hele beinet fra de skarpe gule klørne av øgleskinn til låret som dryppet av blod, og et svart bånd knyttet under tuften av rødbrune fjær.

Øyeblikkelig gikk det opp for meg at det var heksa som hadde vært på ferde. Hun hadde sneket seg inn på rommet mitt og lagt igjen en advarsel. Men hvordan kunne hun vite at jeg hater fjærkre? At selv den mest godmodige høne får meg til å flykte? Det visste hun ikke, like lite som jeg visste at haner og høner, levende og døde, er viktige i voodooreligionen. Ved hjelp av dorull og papirlommetørklær pakket jeg «tingen» inn, snek meg inn i peisestuen og la den på glør sammen med litt småved inntil alt var aske.

Nå var det åpen krig. Kampen var i gang.

Da jeg våknet neste morgen, sto Sito ved siden av sengen min med frokosten. Vi hadde planlagt en brunch ved ellevetiden så jeg hadde god tid. Puten med blodflekkene hadde jeg lagt på badet. Skarp som han var må Sito ha oppdaget at den manglet, men han sa ingenting.

Jeg spiste frijoles, stekte egg og tomater med god appetitt og bestemte meg for å snakke med Octavio dagen etter. Men da jeg var ferdig med måltidet hadde jeg ombestemt meg. Han ville bare råde meg til å holde meg borte fra Chatapango hvilket jeg ikke hadde til hensikt å gjøre. Jeg ville ganske enkelt ikke la meg skremme vekk.

Det første jeg gjorde da jeg sto opp var å finne et rent putevar og legge det blodstenkte på bunnen av reisevesken for å kvitte meg av med det i La Cañada.

Flere uker gikk med gjester fram og tilbake mellom hovedstaden og det eksotiske Chatapango hvor alle fløt over av begeistring. Carlos var i perlehumør og virket lykkelig. Det gikk såpass lenge uten ubehageligheter eller uhumskheter av noe slag at jeg trodde at seieren var min inntil jeg våknet brått en natt. Det var stanken som vekket meg. En stank så besynderlig, så sterk og inntrengende at jeg hadde vanskeligheter med å trekke pusten. Med lommetørkle foran nesen fomlet jeg meg ut av sengen og åpnet vinduet på vidt gap, men det hjalp lite. Gassen fortsatte å sive inn. Den kom fra veggene, den kom fra taket, den kom fra loftet.

Halvt i svime tok jeg med meg et par ulltepper og forflyttet meg til sofaen i biblioteket hvor jeg sov et par timer. Jeg følte meg slapp og tufs, men ikke dårligere enn at jeg ved hjelp av en stol oppå et bord klarte å krype opp gjennom en luke til loftet.

Noen forklaring på giftgassen fant jeg ikke, men jeg fant en filledukke med gult hår, dongeribukse og rutet skjorte. Den stakkars vesle «jenta» var gjennomboret av nåler. Én gjennom hjertet, to gjennom hodet. (Det var riktig at jeg hadde hatt mye vondt i hodet i det siste.) Ved siden av dukken lå en hvit plasthest som hadde nåler stukket inn i alle fire bein. Jeg tok hintet. Fra nå av skulle Manso og jeg kun dilte.

Denne gangen brydde jeg meg ikke om å pakke inn heksedingsene. Hun var ikke uappetittlig. Skremmende på sin måte, men også naiv. Jeg dro ut nålene og tok med meg damen med gullhåret av gammelt garn som fant sitt endelikt på peisen i La Cañada.

Da Sito ankom var jeg på min vanlige plass i sengen, men med døren og vinduet på fullt gap.

«Que pasa, Señora? Hva skjer?»

«Det luktet vondt hos meg. Kanskje noe feil med kloakken.» Å betro meg til Carlos falt meg ikke inn. Han kunne være en underdanig del av komplottet uten bestemmelsesrett, men at jeg også begynte å tvile på Sito har ingen unnskyldning.

Sant og si begynte jeg å føle meg veldig alene i min kamp mot mørkets makter som jeg nå hadde fått føle på kroppen.

Fornuften sa meg at det var på høy tid å trekke meg tilbake fra Chatapango, men jeg var sta. Dette gjaldt ikke bare meg, men også Carlos og vår framtid sammen. På overflaten gikk alt som normalt. Carlos i strålende humør uten å feile noe som helst og Sito sitt vanlige jeg. Den eneste forskjellen var at jeg laget maten vår selv. Forgiftet av trollkjærringa og hennes urter skulle vi i hvert fall ikke bli.

Siste akt av «dramaet i Chatapango» fant sted på rommet mitt, arenaen hvor mørkets makter brukte all sin oppfinnsomhet for å uskadeliggjøre meg.

Om kvelden hadde jeg ransaket værelset og badet, lett i skuffer og skap, krøpet under sengen på jakt etter noe mistenkelig, og da Carlos var gått til ro tok jeg med en lommelykt og krøp opp på loftet. Ingenting tydet på at noen var i gjære.

Riktignok hadde jeg lest meg til at heksekunster også kan virke på avstand når vedkommende som vil deg ondt har noe av ditt. Et hår, en negl og et plagg. Men også at påvirkningen blir vanskeligere hvis offeret ikke er redd og stritter imot.

«Hun må øyeblikkelig vekk herfra, det haster. Pulsen er meget svak, og hjertet er i ferd med å svikte.» Jeg kjente igjen stemmen til landsbylegen, men da jeg ville ta til motmæle, og forsikre ham om at jeg følte meg vel og at det var ingenting å ta så på vei for, oppdaget jeg at jeg ikke kunne snakke og at jeg var alt for slapp til å åpne øynene, men det bekymret meg ikke. Jeg hadde det deilig, deilig og fløt salig av sted på vei mot evigheten som sto og ventet bak neste sving.

Men den gang ei. Det var skjebnebestemt at min tid på jorden skulle fortsette i mange år.

Ambulanseflyet som Carlos hadde ringt etter var raskt på pletten, og jeg var fremdeles bevisstløs da jeg ble båre inn på legens kontor i Guatemala. Det var Carlos som fortalte meg dette, for selv husker jeg ingenting. Han fortalte meg også at det var Sito som hadde funnet meg, ropt varsko og ringt til landsbylegen.

Etter hvert begynte jeg å våkne til liv og fant ut at jeg ikke hadde det fullt så deilig lenger. Folk ståket rundt meg, sprøyter ble satt, blodprøver tatt, pluss, pluss, pluss, og til syvende og sist viste det seg at jeg ikke feilte noe som helst.

Jeg var fortsatt slapp resten av dagen og sov og sov til de onde åndene hadde forlatt meg. Carlos løp rundt som en bekymret mor, og da kvelden kom brakte han personlig kveldsmaten opp til meg. Vi spiste den sammen, men den smakte meg ikke. Jeg stolte ikke på ham.

Neste morgen var jeg så godt som ny. Klokken var over fem. Jeg kledde på meg i en fart, tok en kopp kaffe på spiserommet sammen med folkene mine som satt med frokosten, løp ut og åpnet porten før altmuligmannen fikk summet seg, og kjørte av gårde til et gammelt kloster hvor de galeste av de gale holdt til.

Her er jeg nødt til å ta en avstikker for å berette om hva jeg opplevde i den sammenheng.

Hver dag før han foreleste på universitetet brukte Octavio et par timer på de sinnsyke. Et arbeide han utførte gratis. For mange sider siden betegnet jeg Octavio som en trollmann fordi jeg selv fikk oppleve hans formidable evner.

Det hadde seg slik at han spurte meg om jeg kunne hjelpe ham.

«Du som er så interessert i psykiatri og gjerne står tidlig opp kunne kanskje tenke deg å gjøre litt nytte for deg?» Han trengte en frivillig person til å ta notater av samtalene han førte med pasientene sine på runden sin.

For å gjøre en lang historie kort skal jeg kun ta med et par historier som gjorde uutslettelig inntrykk på meg.

Å komme inn i de veldige salene under buede hvelv hvor senger lå på rekke og rad, hvor rop og skrik gjallet mellom veggene og svartkledde nonner svevde omkring, var som å komme inn i helvetes forgård. Jeg diltet etter Ontario med blokk og blyant mens jeg forsøkte å lukke øyne og ører, men etter hvert vente jeg meg til det.

En nonne kom inn og fortalte Octavio at en Manuel var død kvelden før. Legen hadde vært der og konstatert dødsfallet. Et forheng var allerede trukke rundt sengen hans. Octavio smøg seg inn bak forhenget og begynte å messe. «Manuel, Manuel», sa han lavt gang på gang «din time er ikke kommet. Du har mange gode år foran deg. Kom tilbake til oss.»

Og da jeg tittet inn satt Manuel oppreist, øyensynlig vel fornøyd med å ha blitt kalt tilbake fra dødsriket hvor han hadde tilbrakt mange timer.

Jeg noterte alt uten kommentarer, og vi gikk videre fra seng til seng. Da vi nesten hadde avsluttet den første rekken kom begravelsesfolket for å hente avdøde, men klienten var langt ifra død. Jeg kunne høre nonnenes høye stemmer over resten av kakofonien som rådet, sannsynligvis i ferd med å forklare underet.

Den andre hendelsen gjaldt en ung pike som var blitt lam etter en dansetilstelning hvor hun hadde mistet skjørtet. Helbredelsen fant sted etter mange ukers behandling, det vil si innstendig småprat fra Octavios side inntil han endelig fikk overbevist henne om at intet skammelig hadde hendt, og at det var hun selv som bestemte om hun ville stå opp og gå eller være invalid resten av livet.

Octavio trodde ikke på mirakler, men han trodde på åndenes seier over materien.

Altså befinner jeg meg nå foran klosterets port og rekker så vidt å gripe fatt i Octavio før han forsvinner inn.

«Så fint at du kommer.» Han smilte bredt og tiltalte meg for første gang med det familiære «tu». «Jeg savner deg når du ikke er her.»

«Jeg har ikke kommet for å hjelpe deg, men for å snakke om alvorlige hendelser som angår meg.»

«Så, så, ro deg ned. Først blir du med meg på runden i hospitalet, deretter følger du forelesningen, og deretter skal vi spise frokost og snakke sammen på stedet hvor vi var sist.»

«Men jeg har ikke noe å skrive på», innvendte jeg tamt.»

«Det ordner priorinnen.»

De neste timene gikk så fort at jeg glemte meg selv og mine problemer for en stund. Men ikke før hadde vi satt oss før jeg begynte å legge ut som en foss om de siste dagers hendelser. Octavio lot meg prate en stund før han la hånden sin over min og sa at nå var det nok.

«Nå behøver du ikke si mer for jeg er blitt holdt underrettet om alt du har gått igjennom i Chatapango.»

«Underrettet …? Underforstått av hvem …?» Jeg spurte, men han svarte ikke, ristet kun på hodet. Hvor han fikk sin viten fra fikk jeg aldri vite. Var det Carlos, var det Sito eller selveste heksedronningen som holdt ham ajour fra dag til dag …?

«Altså måtte det går så langt før du forsto hvilke krefter du slåss imot, men jeg har et forslag til deg. Ikke som lege, men som venn. Det er opp til deg. Jeg skal vise deg hva du har gitt deg ut på, men hvis du etter det ikke vil gi deg må jeg vaske mine hender. Da må du bestemme selv og jeg vil ikke kunne hjelpe deg.» Jeg nikket og sa meg enig.

Planen gikk som følgende. Ved neste fullmåne ville Carlos insistere på å reise til Chatapango alene. (Hvordan kunne Octavio vite det …?) Og jeg skulle som den underdanige hustru finne på plikter som gjorde at jeg ikke kunne bli med. Octavio og jeg skulle kjøre i hans bil over berg og ned i dype daler på elendige veier en åtte timers tur minst før vi kom fram til bestemmelsesstedet.

Klokken nærmet seg midnatt da vi forlot bilen og begynte å gå på en smal sti som førte innover i skogen. Bilturen, på det som for det meste minnet om en krøttersti, hadde tatt hele dagen. Månen lyste sporadisk gjennom de flyktende skyene, og trærne sto tett rundt oss.

Alle sansene mine var våkne slik det er når man tror at farer truer. Jeg gyste, men ikke på langt nær så mye som jeg ville ha gjort hvis jeg hadde ant hva som ventet.

Det var en natt «of no return". Etter den, det samme hva utfallet ville bli, ville ingenting bli som før. Jeg hadde gitt min tillit til en fremmed, ikke til min ektefelle. Mot ham hadde jeg snudd ryggen i mistenksomhet.

Nå kunne vi høre trommene, svake trommelsag som ikke varslet noe godt. Natten var lummer. Svetten trengte gjennom klærne som klebet seg til kroppen. Så ble det belgmørkt. Månen forsvant bak en stor sky. Octavio bråstanset og slukket lykten. Lyden fra trommene var øredøvende, sterke og uhyggelige.

«Hold deg fast i jakken min», hvisket Octavio «og gi for all del ikke lyd fra deg.» Vi krøp oppover en siste kneik og la oss på magen.

Foran oss lå menighetshuset eller hva jeg skal kalle det. Et stort blikktak over tre åpne vegger, den fjerde veggen dekket av planker og et forheng foran det som jeg antok å være en dør.

På jordgulvet rundt et lite bål var det tegnet noe som lignet hieroglyfer av aske, og rundt omkring satt menigheten. De fleste på gulvet, men også mange på treplanker. Jeg lot blikket gli over forsamlingen. De fleste kjente jeg av utseende; kvinner som sydde for meg, menn som arbeidet på fincaene (gårdene), til og med min egen kokke og kjøkkenhjelpen, men ingen Sito. Gudskjelov og takk for det!

Etter bråket virket stillheten nesten mer faretruende. En total stillhet hvor kongregasjonen så ut til å hengi seg til dyp bønn. En kvinne kom fram fra forhenget. Jeg kjente henne godt. Hun var erkefienden med den svarte fletten og den røde sløyfen. Hun intonerte en slags bønn på kekchi blandet sammen med velkjente setninger fra katolsk liturgi på latin. «Domine, no sum dignus, Herre, jeg er ikke verdig, Libera nos a malo, fri oss fra det onde, Agnus Dei, guds lam, hellig, hellig …, men da hun begynte å rope om blod og offer klarte jeg ikke å følge med lenger. Hennes latin var bedre enn min når det gjaldt det kirkelige, og hun hadde gått over til kekchi.

Men kongregasjonen var med. Mumling og klynking fra forpinte sjeler fylte natten. De begynte å svaie fram og tilbake, fram og tilbake i ekstase, og på nytt satte de infernalske trommene i gang, nå blandet med skingrende fløyter og risting av uthulte gresskar som vislet som slanger i tørt gress. Nervene var på bristepunktet da teppet foran det innerste sanctum gled til side og ypperstepresten eller prestinnen trådte inn. Ansiktet var dekket av en heslig maske. Enten den skulle forestille den Onde selv eller Quetzalcoatl, Mayafolkets svar på Odin, kunne jeg ikke bedømme på så langt hold. Resten av kroppen og selve hodet var skjult under en rød kjortel med hette som falt helt ned til bakken. I hånden holdt skikkelsen en levende hane som ble svingt rundt og rundt. Fortere og fortere gikk det inntil det stakkars kreket mistet hodet av et raskt grep fra sterke hender. Fuglen flakset fremdeles da det varme blodet ble stenket utover de troende. Den emne stanken nådde fram til oss og gjorde meg kvalm. Det var et barbarisk syn, men sikkert ikke verre enn inkvisisjonens redsler, aztekernes og mayaenes menneskeoffer.

Indianerne i Mexico og Guatemala, ja over hele kontinentet, hadde et godt forhold til sine guder. De utfylte hverandre og hadde hver sine gjøremål. Derfor kostet det dem lite å omvende seg til den nye tro. Conquistadorene brakte med seg sine helgener, sin jomfrumor og en sjef som døde på et kors. De ble inkludert til glede for alle og fortsetter sitt liv den dag i dag.

Men akkurat da var jeg ikke i humør til å tenke logisk. Hva jeg hadde overvært tilhørte ikke min verden. Jeg gråt da vi akte oss ned til stien og alle hadde begynt å danse.

På den lange veien hjem var Octavio stum som en østers. Selv sliten som jeg var hadde jeg mange spørsmål, men Octavio feide dem bort uten kommentarer.

Jeg sovnet, og det var langt på formiddagen da Octavio stoppet foran døren til huset mitt.

«Husk nå en ting», var hans avskjedsord. «Jeg har overskredet mange grenser for å vise deg hva du har sett i natt, men som jeg sa før vi tok turen; fra nå av er det opp til deg å vurdere hva du vil gjøre. Nevn ikke for noen hva du har overvært, ikke oppsøk meg mer. Jeg er bundet og kan ikke hjelpe deg mer.»

Octavio gikk ut av bilen og omfavnet meg varmt. «Lykke til, kjære Isabela, que te vaya bien, må det gå deg godt». Det var det siste jeg så til ham. Jeg ruslet inn på mitt vakre, lyse rom i lyseblått med de store vinduene som omfavnet landskapet.

Samuel kom løpende og lurte på hvor i all verden jeg hadde vært.

«Jeg har vært urolig for deg, Señora. Jeg ringte Chatapango, men der var det ingen som svarte.

«Jeg har vært på en hytte i Atitlán sammen med venner, men der virket heller ikke telefonen.» Han så på meg og trodde meg ikke.

«Delfina har stekt kylling som jeg skal bringe deg. Spis godt, og etterpå kan du sove hele ettermiddagen. Don Carlos kommer ikke før i kveld.» Jeg må ha sett utmattet ut.

«Jeg har ikke lyst på kylling. Be Delfina om å lage en salat til meg.» Kylling var det siste av alt jeg kunne tenke meg! Men noen middagslur ble det ikke.

Octavios siste ord til meg fortsatte å surre. Grensene han hadde overskredet ... Som lege hvis Carlos var hans pasient? Eller tilhørte han kongregasjonen ...? Var det heksa som hadde holdt ham underrettet om forholdene i Chatapango? Sito slo jeg fra meg, han hadde jo ikke engang vært til stede ..., eller hadde han det ...? Jeg hadde jo ikke sett alle i det flakkende lyset. Hvem var vesenet som hadde vridd hodet av hanen ...? Å innlemme Carlos blant de mistenkte var utelukket. Visst hadde Octavio forlangt fullmåne og meg hjemme i byen da han planla turen, men jeg ville fortsette å betrakte Carlos som et ufrivillig offer for onde makter.

Da kvelden kom og Carlos kom tilbake, ventet jeg på ham i peisestuen. Samuel mikset drinker og serverte middagen i stuen.

Mens jeg skriver dette forundrer det meg overmåte at jeg klarte å holde på masken. Jeg som vanligvis er for åpen og direkte etter manges smak. Diplomat kunne jeg aldri ha vært, men nå sto det om mitt ekteskap og mitt liv. Kanskje også min ektemanns liv hvilket jeg fikk vite et par år senere.

«Vet du, Carlitos», begynte jeg forsiktig. «Jeg har på følelsen av at det blåser onde vinder i Chatapango som ikke vil oss noe godt. Du var syk i mange uker før jeg hentet deg, og sist jeg var der holdt jeg på å sette livet til.» Han så spørrende på meg mens han ventet på mer.

«Vi har lenge planlagt sommeren», fortsatte jeg ufortrødent. Først Paris hvor vi skal hente Kristin, Hamburg i noen uker for at du skal gjøre deg ajour med forretningene, og så til Norge for å inaugurere vårt nye hus. At jeg sa *vårt* hus falt naturlig. Ikke så lenge etter ble det viktig for meg at det var *mitt* hus, bygget med penger jeg selv hadde tjent.

«Hva synes du om at vi framskynder reisen? Vi vil sikkert ha godt av å komme vekk for en stund.» Det var alt jeg sa. Hverken da eller siden nevnte jeg den uhyggelige seremonien, det blodige beinet på hodeputen, stanken som holdt på å kvele meg, eller dukken, nålene og hesten på loftet. At jeg hadde vært døden nær hadde han selv overvært.

«Det kommer ikke på tale, jeg kan ikke reise nå. Ta med deg gutten og reis du. Jeg skal komme etter i september.»

Jeg satt og gransket ansiktet til mannen min, han som jeg hadde bodd sammen med i over fire år og som hadde gitt meg mange gleder. I begynnelsen hadde vi stått hverandre nær. Nå så jeg kun en stiv, elskverdig maske bak muren som var satt opp mellom oss.

Jeg tok Alex ut av skolen, og to dager etter var vi på vingene på vei mot Norge. Min sønn kunne ikke begripe hvorfor vi hadde slik bråhast med å reise. Hadde jeg fortalt ham sannheten ville han ikke trodd det, og grunnen jeg oppga husker jeg faktisk ikke.

Dette fant sted våren 1968.

Huset sto og ventet på oss, firkantet, brunt og solid med en fantastisk utsikt over min barndoms dal.

Alex begynte på skolen uten å kunne et ord norsk, men han lærte fort. På kort tid fikk han mange venner. Hver kveld fyltes huset av gitarspillende, syngende ungdommer.

Da Kristin ankom etter bestått artium i Frankrike sammen med en gjeng venner var det en flokk glødende disipler av Mao og hans lære jeg fikk i huset. Sammen hadde de deltatt i studentopprøret i Paris og følte seg som ekte revolusjonære med misjonærens standhaftighet og overbevisning. De ordnet opp i verdens elendighet, og mange gullkorn fra Maos Lille Røde falt på meg, den uinnvidde, denne sommeren.

Til ungdommene fant jeg jobber hos grønnsaksbøndene rundt omkring. Alle trengte penger til videre studier. Selv meldte jeg meg til tjeneste hos importøren av The Companys produkter i

Norge og ble ansatt per omgående. Frasagnet om bragdene i Sør-Amerika hadde til og med nådd fram til vår lille avkrok!

September kom og september gikk, og jeg innså at slaget var tapt. Båndene som bandt Carlos til magiens verden var sterkere enn de som bandt ham til meg. Jeg hadde skrevet regelmessig, jeg hadde ringt gang på gang til begge våre boliger uten å få svar. Jeg hadde ringt kontoret og blitt fortalt at Don Carlos var på ferie, ingen visste hvor.

Det rare var at jeg ikke følte hverken bitterhet eller sinne mot Carlos. Kun en uendelig medynk.

Hadde jeg hatt økonomisk mulighet ville jeg sporenstreks satt meg på første fly til Guatemala, tror jeg. Vil jeg tro. Men sannheten er nok at jeg var lettet. Det siste årets hendelser hadde tatt på mer enn jeg ante. Jeg følte meg fri og lett til sinns.

Det tok to år før jeg bestemte meg for å ta turen over, ikke uten motforestillinger, men jeg ville snakke med Carlos.

Fra flyplassen tok jeg en drosje som kjørte meg rett hjem til mitt eget hus i La Cañada. Jeg var i ferd med å sette nøkkelen i inngangsdøren da en ukjent mann kom løpende.

«Hva ønsker du, hva gjør du her?»

Jeg er La Señora. Jeg bor her …» Men sesam, sesam var ordene mine ikke. Mannen rev nøkkelknippet fra meg og småløp nedover mot kjøkkenet mens han ropte: «Steng alle dører og vinduer, La Señora er her!» Det var som om han hadde sett en gjenganger, så forskrekket så han ut.

Men jeg var raskere enn ham. Adrenalinet pumpet og før han visste ordet av det klatret jeg over oppvaskkummen hvor en kvinne sto med hendene i såpeskum.

Jeg var inne.

Så plutselig hadde jeg tre ukjente mennesker rundt meg som halte og dro og forsøkte å tvinge meg ut med makt. Selv brukte jeg det eneste våpen jeg hadde mot overmakten: en forferdelig kjeft. Jeg truet med «min gode venn» presidenten og alle hans ministre og følgene det ville få om de ikke slapp meg øyeblikkelig. Utsikten til så mye elendighet gjorde dem betenkte. Jeg fikk revet meg løs og løp opp til rommet som en gang hadde vært mitt.

Der møtte det meg et utrolig syn. Mitt før så vennlige, lyse soveværelse lå i tussmørke bak fortrukne gardiner. Jeg trakk dem til side og lot lyset strømme inn og befant meg i et voodoo-sactum. Over sengen som var redd opp til to, hang et krusifiks. Rundt omkring sto glass med tørkede urter, og andre med ubestemmelig innhold. I ett så jeg konturene av en slange som heldigvis så ut til å være død og i et annet en padde som lå og skvulpet i det jeg antok var sprit. Mine reproduksjoner av Manet, Monet og Miro som hadde hengt på veggene var byttet ut med helgenbilder.

I garderoben hang det plagg på plagg, ingen av dem mine, heller ikke en innfødt indianerkvinnes. De tilhørte en ladina, et bymenneske. Hver ting til sin tid, tenkte jeg. Hun kler seg forskjellig etter omstendighetene. Ikke et øyeblikk var jeg i tvil om hvem det var som hadde inntatt min plass.

Jeg hadde hørt det klikke i telefonen på nattbordet og skjønte at det var den nye hovmesteren (hvor var det blitt av Samuel ...?) som ringte etter forsterkninger. Fienden hadde inntatt fortet og han var i villrede.

Alle ankom nesten samtidig, men de første på åstedet var statspolitiet med trukne pistoler. De hadde fått beskjed av husets eier om å kaste ut en inntrenger. Jeg brukte samme metode som jeg hadde brukt mot husvokterne. Det vil si jeg kjeftet dem huden full samtidig som jeg viste dem passet som beviste hvem jeg var og bedyret at dette huset var mitt. Kun mitt. De kunne bare værsågod å undersøke i sine arkiver.

Politimakta var på vei ut da Graciela kom springende ned trappen. Tiltrukket av bilene, sirenene og de blinkende lysene hadde hun oppfattet situasjonen. Og hun kom ikke alene. Med seg hadde hun sin nærmeste nabo, en kjent jurist. Han inspiserte soveværelset og konstaterte at det var jeg som var den skadelidende. Han gned seg formelig i hendene ved tanken på årets store kupp og pengene som det her var snakk om.

Graciela var min nærmeste nabo og en god venninne. Hun var ikke bare snartenkt, men hun hadde også vært vitne til seremonien rundt renselsesprosessen. Fra sin balkong hadde hun sett haner blitt halshugd, blod stenket og klærne mine brent på bål. Hun var fra Cuba og visste godt hva det dreide seg om.

Så endelig kom Carlos luskende, ikke moi (meg) i det hele tatt.

«Det hele dreier seg om en forferdelig misforståelse, kjære deg.» Han ville omfavne meg, men jeg vek tilbake. «Jeg har bestilt et rom til deg på hotell Biltmore hvor vi kan prate sammen i fred og ro i morgen.»

Advokaten som fremdeles var der, trakk Carlos til side og hvisket og tisket. Carlos var blitt meget blek.

«Hva mener du?» hvisket jeg til Graciela som nå var blitt min stav og støtte. «Skal jeg ta inn på hotellet?»

«Langt ifra. Nå som alt er offentlig svever du ikke i fare. Ingen kan myrde deg åpenlyst. Bli her til alt er ordnet, men spis ikke noe som helst, drikk ikke noe som helst av det som blir tilbudt deg. Fra nå av må du bare spise min mat og drikke min vin.»

«Jeg blir her», sa jeg til Carlos som forsvant. Graciela ble med meg opp på soveværelset hvor vi kastet ut helgenene, dødninghodet og plasserte krukkene på terrassen. Selv var jeg så utmattet at jeg hadde kun ett ønske: å kaste meg på sengen og sove. Til alt hell var lakenene nyvasket, men jeg tror ikke det ville ha gjort noen forskjell.

Det var et selsomt syn å se Graciela ankomme ved morgengry. På seg hadde hun en vattert rose morgenkåpe, og bak henne kom to hushjelper bærende på vår bastante frokost. Bare det at hun hadde stått opp så tidlig for min skyld varmet meg rundt hjerteroten. Jeg visste at hun elsket å ligge og drunte til langt på dag.

Tre ganger om dagen kom prosesjonen vandrende, og vi inntok måltidene sammen. Hun var den eneste jeg hadde lyst til å se den uken mitt frivillige fangenskap varte. Det bød meg imot å kontakte andre venner, brette ut for all verden om min «ulykke» og dermed prate dritt om Carlos.

Tjenerskapet viste seg ikke. De holdt seg i ro på sine premisser.

Carlos ringte en gang og ba om et møte hos hans advokat, men jeg sa at jeg ikke kom til å forlate La Cañada før alt var ordnet. Da kunne han komme med sin advokat, et rimelig forslag («du har jo vært svært generøs mot meg») og informere min advokat i samme slengen («du traff ham jo her») og ta med skilsmisse-papirer.

Jeg var på mitt verste ondskapsfulle. Nå kunne de lide litt han og heksa med tanke på formuen som var min pluss det andre jeg hadde krav på som «den skadelidende». Jeg gledet meg til å si overlegent at alt han hadde forært meg i forelskelsens rus kunne han få tilbake. Eiendommen i Chatapango, kaffeplantasjene og huset i hovedstaden kunne han beholde, og noe bidrag ville jeg ikke ha. Jeg kunne utmerket godt klare meg selv. Det eneste jeg ville forlange var refundering av flybillettene Norge-Guatemala tur-retur, og utgiftene for forsendelsen av mine eiendeler fra dør til dør forhåndsbetalt. Et beskjedent ønske som øyeblikkelig ble godtatt av Carlos og hans advokat som forsøkte å se likegyldige ut, men min juridiske rådgiver var sønderknust. Årets store varp var glidd ut av hendene hans.

Før det hadde jeg pakket alle eiendelene min. Stuene var foreløpig intakte, fulle av ting som jeg hadde samlet på mine reiser i Sør-Amerika. Malerier, diverse antikviteter som The Companys folk hadde oppbevart for meg, gamle møbler og kobbergjenstander som spanjolene hadde hatt med seg, for ikke å glemme familiesølvet etter min bestefar samt alt jeg etter hvert hadde kjøpt i Norge av tinnservise, sløv og krystall.

To ganger før hadde jeg mistet alt mitt. Første gangen da jeg som 16-åring ble kastet ut av Norge, andre gangen da jeg rømte fra Frankrike med ungene mine, men noen tredje gang ble det ikke. Jeg fikk med tingene jeg var glad i, selv uten frimerkealbum og grafferbunad, det kjæreste jeg hadde eid som ungjente og mistet.

Jeg siklet litt på i hvert fall ett av middagsservisene vi hadde kjøpt i Wien, men slo det fra meg. Jeg var nesten hysterisk opptatt av ikke å ville ha noe som helst som ikke var helt mitt. Det var helt umulig for meg.

Jeg hadde bladd igjennom fotoalbumene våre, men der møtte det meg noe uhyggelig. Bladene var klippet opp på kryss og tvers, og på alle bildene hvor jeg var til stede var min person blitt klippet bort.

Om Carlos hadde forsøkt å drepe meg vil jeg aldri få vite. For å si det på krimspråket, indisiene var der, men uten håndfaste bevis. Medskyldig var han i hvert fall.

Et par år senere fikk jeg et brev fra overraskende hold. Det var fra Alicia, Carlos sin datter som jeg aldri hadde truffet. Hun fortalte hvor glade hun og hennes to brødre hadde vært da pappa giftet seg med meg. Men dessverre ...! Pappa hadde giftet seg med La Bruja og døde kort tid etter av et «mageonde» ...! Nok en ting av viktighet som Alicia skrev: Hele tjenerstaben på Chatapango var blitt kastet ut etter at jeg reiste. Til og med Sito!

Det er mange løse tråder i denne historien som selv jeg, som opplevde det hele, ikke klarer å nøste sammen.

Så får det være opp til hver enkelt å gjøre seg opp sin egen mening.